강준현 장편 소설

FUSION FANTASTIC STORY

개척자

Pioneer

개척자 6

강준현 장편 소설

초판 1쇄 찍은 날 § 2015년 5월 14일
초판 1쇄 펴낸 날 § 2015년 5월 21일

지은이 § 강준현
펴낸이 § 서경석

편집책임 § 박용서

펴낸곳 § 도서출판 청어람
등록번호 § 제387-1999-000006호
등록일자 § 1999. 5. 31
어람번호 § 제1-2127호

주소 § 경기도 부천시 원미구 부일로 483번길 40 서경B/D 3F (우) 420-822
전화 § 032-656-4452 팩스 § 032-656-4453
http://www.chungeoram.com
E-mail § chungeorambook@daum.net

ⓒ 강준현, 2015

ISBN 979-11-04-90235-2 04810
ISBN 979-11-04-90076-1 (세트)

강준헌 장편 소설

FUSION FANTASTIC STORY

개척자 6

Pioneer

CONTENTS

제1장	흔들기	7
제2장	새로운 사업	31
제3장	돌파구	57
제4장	한 걸음 더 전진	83
제5장	휴가 계획	107
제6장	휴가지에서	131
제7장	함께	157
제8장	일본을 향한 경고	181
제9장	드라마	205
제10장	임소문	229
제11장	다시 꿈속으로	255
제12장	변화를 받아들이다	279

1장

흔들기

준영이 GN그룹과의 모의에 합세했던 기업들을 갖은 방법을 이용해 무너뜨리려는 이유는 간단했다.

기업들에게 이번 정권 동안 알아서 기라는 경고를 보내는 것이었다.

그동안 참으로 많은 것을 누려왔었고, 경제를 위한다는 이유로 용서를 받아왔던 그들은 이제 그것을 당연한 권리라 생각하고 있었다.

그래서 그 원칙부터 깨줄 생각이었다.

그렇다고 직접적으로 가르쳐 줄 생각은 없었다.

눈치챈다면 살아남을 것이고 눈치를 채지 못한다면 제2의 GN그룹이 나오지 말라는 법이 없었다.

준영이 비서실장과 장두호를 만난 다음 날, 국민연금관리공단은 GN그룹의 비도덕성을 강하게 비난하며 기업이 대주주의 소유물이 아닌 전체 주주들의 재산임을 강조했다.

그리고 소액주주들이 힘을 모은다면 그들을 지지할 것이라는 말을 은근슬쩍 흘리자 경제계는 다시 시끄러워졌다.

국민연금관리공단이 발표한 날, 대부분의 매체는 공단의 반응에 손을 들어주는 듯했다.

그러나 다음 날부터 양상이 서서히 바뀌더니 삼 일째 되는 날은 대부분의 매체들이 기업의 자율을 침해한다며 공단의 반응이 부적절하다고 기사를 쏟아냈다.

또한 GN그룹의 주식이 삼 일간 하한가를 치자 주식을 가지고 있던 소액주주들도 GN그룹이 망하는 것이 아닌가 하며 매체와 한 목소리를 냈다.

현재 재판 중인 안충식 회장에게 선처를 내리고 복귀시켜야 한다는 얘기까지 나오는 시점.

이때 한 찌라시에 퓨텍이 GN그룹의 유통 분야를 인수할 의향이 있다는 기사가 실렸다.

떨어지던 GN유통의 주식은 다시 치솟았지만 지주회사인 GN그룹의 주식은 더욱 곤두박질치게 되었다.

그리고 이틀 뒤 찌라시 기사가 사실이라는 보도가 나갔고 한국 경제는 또다시 발칵 뒤집어졌다.

온 뉴스 매체에서 퓨텍의 행보에 대해 떠들고 있을 때 준영은 자신을 죽이려고 했던 허가량이 방을 서성이고 있는 영상을 보고 있었다.

"으득! 저 새끼가 삼합회에서 전설로 불리던 살수였단 말이지?"

"응, 너도 이젠 알아야 할 것 같아서."

몸을 추스를 시간을 주고 말해준 천(天)에게 고마워해야 했다. 일어나자마자 말했다면 화를 내다 다시 쓰러졌을 것이다.

"내 손으로 죽여 버리겠어!"

저딴 놈을 밥을 먹여가며 살려둔 이유를 알 수 없었지만 복수할 기회가 생긴 것으로 만족하며 자리에서 일어났다.

한데 감시 카메라를 향해 돌아서는 허가량의 얼굴을 본 순간 걸음을 멈춰야 했다.

자신이 아는 사람과 닮아도 너무 닮아 있었다.

"쯧! 기분 나쁘게 경민이랑 왜 저렇게 닮았어?"

"…너도 단번에 알아보는구나."

"킬러들은 보통 얼굴을 숨기기 위해 성형수술을 많이 하지 않나?"

설마 하는 생각이 들었지만 부정하며 물었다.

"살펴봤지만 고친 적 없어. 타고난 얼굴이야."

천(天)의 말을 듣는 순간 설마가 확신이 되었다.

자신을 죽이려했던 허가량을 그녀가 살려둔 이유를 알 수 있었다.

"DNA는?"

"99.9999퍼센트. 아버지가 분명해."

준영은 가던 걸음을 포기하고 다시 자리에 앉았다.

"경호와도 비교해 봤어?"

민경호는 경민의 형으로서 준영에게 목숨을 구원받은 적이 있었던 이로, 현재는 지(地)와 함께 밤 세계를 평정하느라 여념이 없었다.

"99퍼센트."

"우연도 반복되면 인연이라더니……."

준영은 잠깐 고민을 했다.

경민이 좋아하는 학교 후배지만 그를 위해 자신을 죽이려 했고, 거의 성공할 뻔한 인간을 살려둘 만큼은 아니었다.

"경민이가 저 인간이 아버지라는 사실을 알고 있나?"

"몰라. 허가량이 잘 때 꿈인 것처럼 가상체험을 시켜봤는데 경민이 태어난 것도 모르더라고."

"그래?"

서로가 모르고 있다면 자신만 말하지 않는다면 될 일이었다. 그리고 이십여 년 만에 찾아온 아버지가 전설의 킬러라면 경민이 입장에서도 모르는 편이 나았다.

준영은 망설임 없이 허가량이 있는 곳으로 내려갔다.

허가량은 의외로 담담한 표정을 짓고 있었고 두 경호 로봇이 움쩍달싹도 못하게 잡는 데도 어떤 반항도 하지 않았다.

"내가 살아 있는 게 놀랍지 않아?"

"…날 살려두는 걸 보고 살아 있다는 걸 짐작했지."

"그럼 내가 왜 이렇게 왔는지도 알겠군?"

허가량은 대답 대신 눈을 감았다.

퍽! 퍼벅!

준영은 샌드백을 때리듯 허가량을 때리기 시작했다. 하지만 마음과 달리 몸이 따라주지 않았다.

"헉헉!"

맞은 허가량보다 때린 준영이 더 지쳤다. 게다가 약해진 상태에서 얼굴을 때리다 팔목을 접질렀는지 욱신거렸기에 때리기를 멈춰야 했다.

어느 정도 때리고 나니 화가 가라앉기도 했지만 모든 걸 체념한 듯 맞고 있는 허가량을 더 때리자니 기분이 더 더러울 것 같았다.

"딱히 더 알아볼 것 없으면 죽여."

미련 없이 뒤돌아섰다.

그때 담담히 죽음을 맞이할 것 같던 허가량이 소리쳤다.

"죽기 전에 한 가지 소원이 있소."

준영의 걸음이 멈췄다. 그러자 허가량은 빠르게 말을 이었다.

"꼭 만나보고 싶은 사람이 있는데 멀리서라도 볼 수 있게 자비를 베풀어주면 안 되겠소?"

"사람을 너무 물로 봤군. 내가 왜 그래야 하지? 못 들은 걸로 하지."

누굴 만나고 싶어 하는지 알 것 같았지만 어차피 죽일 목숨. 의미 없는 일이었다.

"그럼 내 재산만이라도 당신이 전해주면 안 되겠소? 홀몸의 여자가 아이를 데리고 한국으로 와 살았다면 어떻게 살았을지 뻔한 일. 그렇게만 해준다면 손을 더럽히지 않게 내가 자살하겠소. 그러니 제발 부탁하오!"

진심 어린 목소리는 사람의 마음을 움직이게 마련이었다. 그리고 준영 또한 마음이 목석은 아니었기에 약간의 흔들림을 느껴야 했다.

"경… 어머니는 살아 있어?"

경민이라는 말이 나올 뻔한 걸 삼키며 감시 카메라를 향해 물었다.

─응, 천안에서 작은 분식집을 하고 있어.

"아들이 요즘 잘 벌지 않나?"

─아들이 공장에 다니고 있는 걸로 알고 있어서 큰돈을 갑자기 보내지는 못하고 있어.

준영과 천(天)이 하는 얘기를 듣던 허가량은 놀라움에 할 말을 잃었다.

애초에 삶을 포기하고 모든 것을 묻고 죽을 생각이었다. 하지만 머리로는 포기했지만 한 번만이라도 보고 싶다는 마음에 미련을 버리지 못하고 있었다.

그리고 조사 과정에서 알아낸 정보로 준영이 악인이 아니라고 생각했기에 혹시나 싶어 꺼낸 얘기였다.

그런데 이미 자신에 대해 알고 있는 듯했고 심지어 가족들에 대해서도 알고 있는 듯했다.

준영이 자신의 부인과 아들에 대해 언급하자 그들을 보고 싶다는 마음에 삶에 대한 갈망이 생겼다.

"…살려주십시오!"

허가량이 무릎을 꿇고 머리를 숙이며 말했다.

"무슨 일이든 하겠습니다. 그러니, 그러니 제발 목숨만은 살려주십시오. 정 목숨을 거두어야겠다면 아내와 아들만이라도 만나게 해주십시오."

갑작스럽게 바뀐 허가량의 태도에 준영은 인상을 찌푸렸다.

경민의 얼굴이 잠깐 떠오르긴 했지만 당연히 못 들은 걸로 할 생각이었다.

한데 그때 머릿속에서 한 가지 좋은 생각이 났다.

특이한 킬러에 불과했지만 지금 생각난 일을 하는 데에는 꽤 쓸모 있어 보였다.

준영은 머릿속으로 계획을 구체화시킨 후 말을 했다.

"날 위해 일을 해줄 수 있다면 목숨은 살려주지. 그리고 무사히 일을 마친다면 가족들도 만날 수 있을 거야."

"하겠습니다!"

말이 떨어지기가 무섭게 허가량은 하겠다고 말했다.

"잘 생각해서 말하는 게 좋을 거야. 혹 배반한다면 네 가족들이 위험해질 수도 있는 일이야."

"절대 배반하지 않겠습니다. 다만 삼합회에서 가족을 빌미로 은퇴한 제게 살행을 요구했기에 그들의 안전이 위협받을 수 있습니다."

"경호원을 보내주지. 하지만 중국을 배반하는 일인데 할 수 있겠나?"

"저에게 나라 따윈 의미가 없습니다."

"좋아, 그럼 살려주지."

가족을 위해서라도 배반을 하지는 않겠지만 사람이란 어찌 될지 모르는 동물이었다.

준영은 허가량을 믿지 않았다. 그래서 몇 가지 안전장치를 해둘 생각으로 그를 받아들였다.

"감사합니다! 그리고 아셔야 할 것이 있습니다. 철무한이… 준영 님이 로봇을 만들었다는 사실을 거의 확신하고 있습니다."

엄청난 총탄을 맞고도 죽지 않았으니 그리 의심하는 건 당연한 일이었다.

"철무한을 만났나?"

"예, 하지만 지금은 어디 있는지 모릅니다. 저 역시 외딴 장소에서 워낙 비밀스럽게 만나서."

"철무한을 죽이라는 명령은 아니니 걱정 마. 그리고 앞으로 날 부를 땐 단장이라고 불러."

"예, 단장님. 한데 제가 해야 할 일은 무엇입니까?"

"민족의 독립이지."

"……?"

"자세한 건 곧 알게 될 거야."

넓디넓은 중국에서 몸을 숨기고 있는 철무한과 숨바꼭질을 할 생각은 없었다.

숨어 있다면 스스로 나오게 하면 될 일이었다.

"조만간 중국으로 보낼 테니 그때까지 잘 쉬어."

"알겠습니다. 한데 제 아내와 아들에 대해 아시는 게 있다면 말씀이라도 좀 해주시면 안 되겠습니까?"

"알아 봐야 마음만 더 심란할 텐데?"

말은 그렇게 했지만 자신이 맡긴 일을 하다 보면 죽을 가능성이 높았다.

그래서 간단하게라도 말해줄 요량으로 입을 열었다.

"자네의 부인에 대해서는 잘 몰라. 하지만 두 아들에 대해서는……."

"아들이 둘이라고요?"

"몰랐나?"

"…예, 떠나기 전까지 허경호라고 아들 한 명이 있었습니다."

표정을 보니 재혼을 했다고 생각하는 모양이었다. 하지만 재혼을 해서는 절대 경민이와 같은 얼굴이 나올 수 없었다.

"헤어진 지가 몇 년이나 됐지?"

"정확히 22년 전이었습니다."

"그렇다면 그 당시 둘째를 임신하고 있었음이 틀림없을 거야. 왜냐하면 둘째 나이가 올해 23살이거든. 그리고 자네랑 똑같이 생겼어."

"그, 그렇습니까? 그들의 이름은?"

"민경호, 민경민."

"아내의 성을 썼군요. 경호, 경민……."

두 아들의 이름을 중얼거리는 모습을 보니 한편에 있던 인간적인 마음이 움직였다.

천(天)에게 말해 허가량의 가족 사진을 보여주라고 한 뒤 사무실로 돌아오자 천(天)이 물었다.

"소수민족의 독립을 도울 생각이야?"

"응, 중국은 아마 지금까지 유례를 찾아볼 수 없는 폭력적인 독립운동 단체를 만나게 될 거야."

철무한에게 벌써 두 번째 목숨의 위협을 받았다.

지금까지는 거대한 중국과의 외교적인 문제를 생각해 소극적으로 행동했었다.

그러나 이젠 참을 수가 없었다.

중국이 방해가 된다면 중국을 끌어내릴 생각이었다.

"중국을 흔들어 스스로 나오는 쥐를 잡겠다?"

"표현 한번 마음에 드네. 며칠 내로 새로운 단체가 나타났음을 알려야 하니까 중국에 있는 로봇들의 도움이 필요할 거야."

"걱정 마. 철무한을 잡기 위해 준비해 둔 물건들이 있으니까 충분할 거야."

"그걸로는 부족해. 다른 독립 단체들에게도 지원할 생각이거든."

"중국이 전쟁터가 될지도 모르는데 괜찮겠어?"

"상관없어. DD와 DDR 판매 금액으로 충분히 구해서 줘."

"알았어. 한데 첫 목표는 어디로 할 생각이야?"

"삼합회. 선물을 보내줬으니 답례를 해야지."

빙긋이 웃고 있는 준영의 눈은 어느 때보다 어둠이 깊이 차 있었다.

*　　　*　　　*

(주) GN그룹은 지주회사로, 주식의 50퍼센트를 안충식 일가가 가지고 있었다.

그 말인즉 준영이 강제적으로 빼앗지 않는 이상 안충식의 손에 있을 수 있다는 것이다.

하지만 GN그룹의 핵심이라고 할 수 있는 유통과 그 관련 회사들은 달랐다. 사주 일가가 가진 주식은 고작 20퍼센트. 소액 주주들과 기관 투자가들이 퓨텍의 손을 들어주자 결국 퓨텍유통으로 이름이 바뀌었다.

워낙 전격적인 일이었기에 재계는 정신을 차릴 수가 없었다. 그러나 정글보다 험하다는 사업의 세계에서 살아남은 자들답게 빠르게 현실을 파악하고 적응하려는 이들이 생겨나기 시작했다.

"김시랑 최고 의원, 어서 오게."

"대통령님, 잘 지내셨습니까?"

"덕분에 잘 지낸다네. 앉지."

김시랑은 신국민당의 최고 의원이자 그의 파벌에 속한 인물로, 비서실장을 통해 전해 들은 이하민의 말을 당론으로 결집

시키는 인물이었기에 이하민에게 꽤 중요한 사람이었다.

"요즘 당내 여론은 좀 어떤가?"

"재벌들과 안면이 있는 의원들이 불만을 가지고 있는 것 같지만 워낙 국민들의 지지율이 높다 보니 겉으로 내색은 하지 않고 있습니다."

"음, 다독일 필요가 있겠군."

경제가 최우선이었다. 경기가 일단 살아날 때까지 정치인들은 적이 아닌 동지였다.

"그렇게 하는 것이 앞으로를 위해서 괜찮을 겁니다. 그리고 현 야당과 너무 가깝게 지낸다는 의견도 심심찮게 흘러나오고 있습니다."

"쯧! 지금처럼 뜻을 같이해 일을 해나가면 얼마나 좋아?"

하여간 온갖 트집을 잡아 TV에 얼굴이라도 한 번 더 비추려는 인간들이었다.

그렇게라도 해서 인지도를 높이려 함을 알고 있지만 잘못돼도 한참은 잘못된 관습이었다.

준영은 속으로는 욕을 했지만 내색은 하지 않았다.

그러길 바란다면 기회를 주면 그만이었다.

"조만간 전 정권에 대한 청문회를 할 생각이니 그 준비나 잘하라고 하게나."

"아마 좋아들 할 겁니다."

"그렇겠지. 그건 그렇고, 할 말이 있는 것 같은데 말해보게."

안부를 묻기 위해 찾아오지는 않았을 터 자신을 위해 일하고 있는 사람이니 웬만한 부탁이라면 들어줄 요량으로 물었다.

"혹시 지하경제를 양성화한다는 소문이 돌던데 대통령님의 의지이십니까?"

"맞네. 조만간 그리할 생각이지."

"음, 사실이었군요……."

"왜? 자네와 아는 사람 중 연관된 사람이라도 있나?"

"예, 오래전부터 신세를 지고 있는 사람이 지하 금융 쪽에서 일을 하고 있습니다."

신세를 졌다는 건 정치자금을 받았다는 얘기였다.

지하경제 양성화는 김시랑 때문에 취소할 만큼 사소한 일이 아니었다. 다만 다른 사람보다 더 정확한 정보를 줄 수는 있었다.

"어떤 사람인지 모르겠지만 가급적 양지로 나오라고 전하게. 저축은행을 차리고 금감원에서 시행하고 있는 금리 인하 정책을 따른다면 추후 새로운 금융 지주회사로 발돋움할 수 있도록 최대한 도울 걸세."

"새로운 금융 지주회사! 좋은 기회가 될 수 있겠군요"

"다시없을 기회지. 그리고 따라오지 않으면 분명 후회하게 될걸세."

"음, 제 생각도 그렇긴 한데……."

"확답을 바란다면 내가 만나줄 의향도 있네만."

"아! 그래 주실 수 있으시겠습니까?"

"자네에게 도움이 된다면야 그 정도를 못 해주겠나?"

"감사합니다. 그럼 근시일 내에 약속을 잡아보겠습니다."

사건은 많이 일으켰지만 정작 경기는 요지부동이었고, 오히려 재벌들이 위축되며 경제성장률이 떨어질 것이라 예측되고 있었다.

준영은 수치에 연연해 성급하게 움직이고 있지는 않았지만 계속적으로 개혁 정책을 펼쳐 나가려면 최소한의 보여줄 거리는 필요했다.

"돈이 좀 많았으면 좋겠군."

김시랑을 배웅하던 준영은 그에게 정치자금을 후원했던 이가 돈이 많기를 바랐다.

고금리 대출금을 저금리 대출금으로 전환하려는 사람들은 여전히 많았고 돈은 부족했다.

김시랑 최고 의원이 소개해 준다는 사람과 약속이 잡혔는데, 약속 장소는 의외로 번잡한 칼국수 집이었다.

한데 청와대 출입 기자들까지 쫓아와서 얘기할 분위기가 아니었다.

약간 짜증이 나긴 했지만 카메라가 있는데 어쩌겠는가.

"죄송합니다. 조용한 곳으로 잡으라고 했는데… 워낙 특이한 분이라……."

복화술을 하듯 나지막이 중얼거리는 김시랑.

"괜찮네. 다소 소란스럽긴 하지만 자네랑 식사한다고 생각하면 마음 편한 일이 아닌가."

기분과는 달리 부드럽게 말하는 준영이었다.

"이제 식사를 하셔야 하니 문을 닫겠습니다."

칼국수를 먹는 장면까지 사진에 담고 나서야 비로소 문이 닫혔다.

"언제 온다던가?"

"…먼저 와서 기다린다고 했습니다만."

"온다고 했으니 오겠지. 안 오면 밥이나 한 끼 먹는 셈 치자고."

땀까지 흘리며 당황해하는 김시랑을 보자 화를 내기도 뭐했다.

"빨리 먹고 나가세."

더 있어 봐야 음식점에 민폐였다.

막 칼국수를 몇 젓갈 떴을 때 문이 소란스러워지며 경호원이 물었다.

"이곳 주인 할머니가 음식을 대접하고 싶다는데 어쩌시겠습니까?"

"잘 먹겠다고 말씀드리게."

"한데 직접 드리고 싶답니다."

준영은 약간 이상하다는 생각에 할머니를 들어오게 했다.

할머니를 보고 놀라는 김시랑을 보고서야 쟁반 가득 음식을 들고 온 할머니가 오늘 약속의 주인공임을 알게 되었다.

"음식을 준비한다고 이 늙은이가 늦었습니다. 죄송합니다, 대통령님."

한눈에 봐도 이하민보다 나이가 많아 보이는 분이 큰절을 하듯 사과를 하고, 또한 음식을 준비하기 위해 늦었다고 하니 뭐라 할 말이 없었다.

"괜찮으니 편히 앉으세요."

"이해해 주셔서 감사합니다. 일단 대화를 하기 전에 제가 준비한 음식부터 드시지요."

할머니가 가져온 음식은 먹음직한 수육과 방금 한 겉절이였다.

하지만 이하민이라는 로봇에 접속해 있는 준영에게는 그림의 떡이었다.

그저 예의상 몇 젓가락 먹고는 본격적인 얘기를 시작했다.

"너무 오래 있으면 밖에 있는 사람들이 어르신과 무슨 얘기를 했는지 궁금해할 겁니다. 그러니 서두르는 게 좋을 것 같군요. 궁금한 것이 있다면 물으시죠."

"그럼 여쭤겠습니다. 흔히 사람들이 말하는 지하경제도 나름 세금을 내고 있고, 또한 한국 경제를 위해 필요한 부분이라고 이 늙은이는 생각합니다. 그리고 아무리 정부에서 노력한다고 해도 없어지지 않을 테고요. 굳이 없애려고 노력하는 이유가 있으신지요?'

'여장부군.'

일가를 이룬 사람답게 말에 힘이 있었다. 음식을 권하던 마음씨 좋은 할머니 같은 모습은 어느새 없어지고 많은 사람 위에 군림하는 자의 모습이 되어 있었다.

크기가 큰 사람에게는 그 크기만큼 대해줘야 하는 법.

준영은 자세를 바로 하고 대답을 했다.

"국민이라면 누구나 내는 세금을 '나름' 내는 게 문제입니다. 그리고 그 문제는 형평성을 위해서라도 꼭 고쳐야 할 일이기도 합니다."

"많은 전임 대통령들도 의지를 가지고 시작했지만 실패한 일입니다."

"아니, 그 사람들은 의지가 없었습니다."

"대통령님은 다르다는 말씀이시군요?"

"완전히 다를 겁니다. 흐지부지하지 않을 것이고 끝까지 관철할 겁니다."

전쟁과 같은 삶을 살면서 죽을 고비를 숱하게 넘어왔었던 오숙자는 사람 보는 눈만큼은 누구보다도 뛰어나다고 믿어왔었다. 그런 그녀가 본 이하민은 권력욕만 있는 그저 그런 정치꾼이었다.

한데 달랐다. 무표정한 얼굴에서 흘러나오는 말에는 힘이 있었고 의지가 담겨 있었다.

'나도 늙었어.'

어설픈 정책을 내놓고 뒷구멍으로 돈이나 받아먹으려는 수작이라고 생각한 오숙자는 돈이나 몇 푼 집어 줄 생각으로 나왔다. 하지만 계획을 수정할 때임을 깨달았다.

자칫 잘못했다간 평생 쌓은 성이 무너질 것 같다는 예감을 받았다.

'적당히 따라야겠어.'

위기감이 느껴진다고 전 재산을 밝힐 생각은 없었다. 그저 서운하지 않게 생색만 낼 생각으로 말했다.

"…대통령님의 의지가 확고하시다면 따라야겠지요. 하면 정말 김 의원에게 들은 대로 해 줄 생각이십니까?"

"그럴 생각입니다. 물론 만들게 될 금융회사가 그 조건에 만족해야겠지만 말이죠."

"노력하겠습니다."

"제 말을 이해하고 따라주신다니 다행입니다. 한데 궁금해서 그러는데 어느 정도 자산의 금융회사를 만들 생각인지 물어도 되겠습니까?"

직접적으로 물어오는 이하민의 말에 오숙자는 좀 더 성의를 보여야겠다고 생각했다.

"저 혼자라면 3,000억쯤 될 것이고 제가 아는 열 명의 사람들과 합친다면 2조쯤은 될 것 같습니다."

"……."

금액을 들은 이하민의 얼굴이 살짝 일그러졌다. 그리고 검지로 뒷머리를 긁적이더니 물었다.

"그게 최선입니까?"

이하민의 질문에 오숙자는 순간 머리가 복잡해졌다. 그래서 어떻게 대답해야 할지 살짝 고민을 했다.

"…차명으로 된 부동산까지 합친 금액입니다."

결론은 조금 전과 마찬가지였다.

가족에게도 전부를 보여주는 건 어리석은 짓이라고 생각하는 오숙자였다.

한데 이하민의 이어지는 말에 당황할 수밖에 없었다.

"쩝, 없었던 일로 하시죠."

"네?"

"그 정도 돈이라면 그냥 넣어두세요. 그리고 아까 음식 대접해 준 것에 대한 보답으로 한마디 해드리자면 지하 자금 신고기간 때 적당히 세금 내고 본인 이름이나 자녀분들 이름으로 바꿔놓으세요. 차명으로 된 건 모두 국고에 압수될 테니."

말을 마치고 일어나는 이하민을 보며 오숙자는 무슨 말을 해야 할지 몰랐다.

그리고 뭔가 울컥하는 기분이 들어 물었다.

"대통령님은 2조 원이 적다고 생각하십니까?"

"제가 생각한 금액에 비하면 많이 적습니다. 전 한 명당 2조쯤은 있을 것이라 생각했는데⋯ 제 착각이었나 봅니다."

'허! 나라를 운영하더니 간땡이만 커졌군.'

대통령이 아니었으면 평소 즐겨 쓰던 쌍욕을 한 시간쯤은 퍼부어줬을 것이다.

"그럼 금융회사 건은?"

"그 돈으로 무슨 금융회사입니까? 그냥 지금처럼 대부업 하시면서 세금만 제대로 내십시오."

지(地)가 처치한 일본 야쿠자 두목의 숨겨진 재산만 해도 10조 가까이 됐는데 한국 지하경제의 큰손이라는 사람의 재산이 고작

삼천억이라니.

준영은 지하경제에 대해서 실망했다.

'다른 방도를 생각해야겠어.'

자신의 돈이 적다는 말에 어이없는 표정으로 계속 물어오는 오숙자에게 건성으로 대답한 준영은 인사를 하고 문을 열려고 했다.

그때 오숙자가 발작적으로 외쳤다.

"6조!"

"개인 재산입니까?"

생각했던 금액엔 여전히 부족했지만 개인 재산이라면 해볼 만할 것 같았다.

고개를 끄덕여 대답을 대신하는 오숙자의 얼굴엔 후회의 빛이 역력했지만 준영은 개의치 않고 물었다.

"지인분들과 합치면 10조 정도는 무난하겠군요? 그럼 후식을 먹으며 더 얘기해 볼까요?"

준영은 가던 걸음을 돌려 다시 자리에 앉았다.

얘기를 마친 준영은 식당을 나오다 무척이나 낯익은 얼굴들을 보았다.

'40인의 도적' 시리즈의 로봇 두 대와 지(地)였다.

로봇들은 검은색 양복을 입고 식당 밖의 검은색 승용차 주변에 서 있었고, 지(地)는 특유의 걸레 같은 옷을 입고 식당의 정원에서 귀엽게 생긴 소녀와 놀고 있었다.

—여긴 웬일이야?

현재는 이하민으로 있는 상태라 아는 체를 할 수 없었기에 통신을 이용해 물었다.

—봤냐?

멋쩍은 듯 되묻는 지(地).

—옷을 그렇게 입고 있는데 못 알아보는 게 이상한 거지.

—날 귀찮게 한다는 그 할머니가 조금 전에 네가 만난 할머니다. 그래서 경호원 겸해서 따라왔다.

—왜? 내가 납치라도 해서 재산을 강탈할까 봐?

—정치인의 이미지잖아. 그리고 너 같은 경우에는 GN그룹이라는 전과도 있고.

지(地)의 말에 상대 입장에서 보면 그렇게 보일 수도 있겠다 싶었다.

—근데 경호는 안 하고 왜 애하고 노는 건데?

—누, 누가 애하고 놀고 있대?

—누가 봐도 그 모습이거든. 뭐, 어쨌든 그 소녀의 할머니가 금융회사를 차리게 될 테니 옆에서 노하우나 좀 가르쳐 줘.

착한 사람을 전과자로 몬 벌로 더 놀려주려다 참았다.

차에 올라 식당을 벗어날 동안에도 지(地)는 소녀와 신나게 놀고 있었다.

그리고 그 모습을 바라보는 준영의 얼굴은 마치 아들과 손녀가 장난치는 모습을 보는 할아버지의 그것과 비슷했다.

2장
새로운 사업

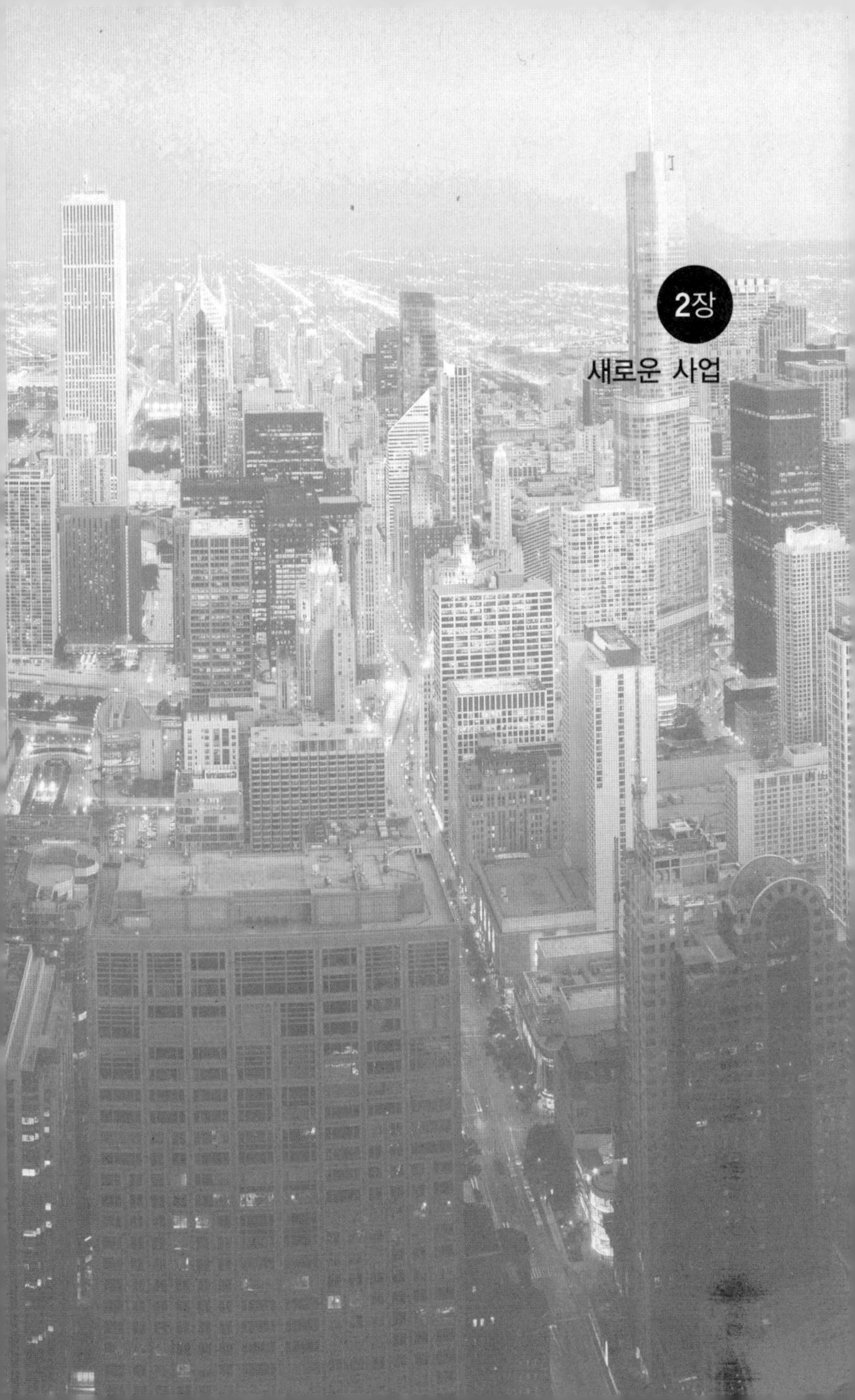

성심테크 본사에는 큰 건물이 다섯, 작은 건물이 네 채가 있다.

언제부터인지 용도를 알 수 없이 여기저기 들어서는 예술 작품(?)까지 치면 더 많겠지만 사람이 살 수 있는 곳이라는 기준만 놓고 보자면 총 아홉 채였다.

아홉 채 중 사람이 지내고 있는 곳은 직원들의 업무 공간과 준영이 있는 곳, 천(天)이 연구를 하는 곳, 그리고 기숙사 용도로 쓰이는 곳 등 세 군데에 불과했다.

그중 천(天)이 지내고 있는 건물을 사람들은 '미스테리 연구소'라고 불렀는데 워낙 보안이 철저해 건물 내부를 구경해 본 사람이 거의 없어 붙여진 이름이었다.

각설하고 지금까지 비어 있는 건물 중 한 채가 사람을 맞이할 준비를 하고 있었다.

각종 의료 시설로 가득해진 방들을 살피던 준영이 천(天)에게 물었다.

"신청자 모집은 어떻게 됐어?"

며칠 전 인터넷으로 희귀병이나 화상, 선천성 장애 등 아직까지 치료가 불가능한 병을 가진 아이들을 50명 모집했다.

"지금까지 신청 인원이 총 천 명이 넘어섰어."

"…많군."

이제 치료제를 개발하는 단계에 불과해 많은 인원을 뽑지 못하는 게 아쉬웠다.

하지만 준영이 전부를 구제할 수는 없는 일이었다.

"간호사와 도우미들은?"

"아이들이 도착할 때 출근할 거야. 그런데 아이와 함께 머물 수 없냐고 문의하는 부모들이 많은데 어떻게 할까?"

부모는 일주일에 한 번만 면회가 가능하도록 명시해 뒀다. 물론 아픈 아이일수록 부모를 찾게 마련이고 부모 또한 아픈 아이들과 떨어지기 싫을 것이다.

하지만 여기는 의학 연구소지 요양원이 아니었다.

"불가하다고 전해. 못 믿겠다면 아쉽지만 치료제가 개발될 때까지 기다는 수밖에 없겠지."

냉정하다고 생각할지 모르지만 성심테크에는 숨겨야 할 비밀이 많았다.

의학 연구소를 둘러보고 나오는데 형인 호영에게서 전화가
왔다.

　─준영아! 나왔다! 나왔다고!

　연결되기가 무섭게 호영은 스마트폰 스피커가 찢어질 듯 외
쳤다.

　─윤정이가 슈트의 도움 없이 지금 걷고 있어! 이제… 이
제……!

　감격에 겨웠는지 호영의 목소리는 축축이 젖어 있었다.

　"축하해, 형."

　─고맙다, 준영아. 다 네 덕분이다.

　"그런 소리 마. 그나저나 윤정이 누나 좀 바꿔줘 봐. 축하 인
사라도 하게."

　─지금은 좀 곤란해.

　"왜?"

　─여기저기 마구 뛰어다니고 있거든. 방금 밖으로 나갔어.

　"거긴 비 안 와?"

　─많이 와.

　준영의 머릿속에 웃으며 빗속을 뛰어다니는 윤정의 모습이
그려졌다.

　"…결혼을 다시 생각해 보는 건 어때?"

　─큭큭큭! 내 눈엔 예뻐 보이기만 하다.

　"천생연분이네."

　들뜬 목소리의 호영은 한참을 별것도 아닌 얘기를 했고 준

영은 맞장구를 쳐주었다.

　그로부터 며칠 뒤, 형이 결혼할 상대를 데리고 온다며 집에
들르라는 어머니의 전화가 왔다.

　"내 생각엔 분신을 보내는 게 좋을 것 같아."

　"직접 가야지. 그리고 안전도 좋지만 숨어서 지낼 생각은 없
어. 난 누나를 믿거든."

　사고 뒤 천(天)은 헬기와 자동차에 갖가지 장치들을 덧붙였다.
그걸 알기에 자신 있게 말한 것이다.

　"믿어줘서 고맙지만 그래도 항상 조심해야 해."

　"후후! 알았어."

　자신을 걱정해 주는 천(天)이 귀엽게 느껴져 자신도 모르게
머리를 쓰다듬었다.

　"아! 미안해, 누나. 나도 모르게 꿈속처럼 행동해 버렸네. 미
안, 아니, 죄송해요."

　"…아, 아냐, 주, 준비해 줄 테니 다녀와."

　당황한 듯 갑자기 가버리는 천(天)을 보고 준영은 자신의 머
리를 콩콩 때리며 자책했다.

　"으으~ 바보! 요즘 너무 편하게 대할 때부터 이런 일이 있
을 줄 알았어. 조심해, 바보야! 하늘이 누나는 어머니와 마찬
가지야."

　그러나 마음 깊은 곳에서는 이미 천(天)을 어머니로 생각하
지 않고 있음을 그도 알고 있었다.

집 근처에 헬기 착륙장이 없었기에 자동차로 가기로 했다.

"앞에 있는 패널을 이렇게 올리면 비상시 사용할 버튼들이 나와. 이 붉은색 버튼을 누르면 외부의 충격으로부터 보호할 수 있는 물질이 흘러나와 순식간에 고체로 바뀌어 버려. 물론 버튼을 누르지 않아도 일정량 이상의 충격을 받으면 자동으로 작동해. 그리고 이 파란색 버튼은……."

이번에는 천(天)의 설명을 경청했다.

통신이 불가능할 때가 있음을 알게 되었으니 혹 발생하는 위험에 스스로 대처하기 위함이었다.

"다녀올게."

30분간 이어진 설명을 듣고서야 출발을 할 수 있었다.

한 시간 반가량 달려 구리시에 이르자 백화점이 보였다.

지금까지 돈은 드렸지만 선물을 드린 적이 없다는 걸 상기했다.

"잠깐 백화점에 들러야겠다."

앞뒤로 경호 로봇들이 따르고 있었기에 목적지를 간단히 언급해 준 후 백화점으로 들어갔다.

토요일이라 그런 건지, 마트형 백화점이라 그런 건지 많은 사람들로 북적이고 있었다.

준영은 할머니, 부모님, 형제들을 위한 선물을 적당히 샀다.

"요즘 장사는 잘됩니까?"

선물을 포장하는 동안 가볍게 물었다.

"똑같죠. 워낙 경기가 안 좋으니까요."

선물을 사는 곳마다 물었지만 대답은 한결같았다.

그중 홍삼 매장의 아저씨가 손님이 없던 차에 잘됐다 싶었는지 말을 늘어놓았다.

"사람들 월급은 제자리걸음인데 물가는 매년 오르니 서민 경제는 갈수록 나빠지죠. 경기가 좋아지려면 일단 물가부터 잡아야 해요. 오르기만 하지 내리는 법이 없어요. 원자재 가격이 올랐다고 가격 올려놓고 떨어지면 왜 안 내리는 건지……."

"그 사람들은 다른 요인이 올라서라고 말하죠. 가령 물류비용이라든가 연봉이 올라서라든가."

"에이, 10년 동안의 물가 상승률과 연봉 상승률만 비교해 봐도 절대 그런 말이 나올 수 없을 거예요. 자, 포장 끝났습니다."

"감사합니다. 많이 파세요."

아저씨의 말이 극단적이긴 했지만 틀린 말은 아니었다.

'역시 물가부터인가.'

준영이 재벌 길들이기를 하는 이유는 많았지만 가장 주된 목적은 바로 물가를 잡기 위함이었다.

현재 GN그룹 사태 때문에 재벌들이 몸을 사리고는 있지만 그렇다고 강제로 물가를 낮추기엔 명분이 부족했다.

'계획했던 것이 터져 준다면 가능할 것 같은데……'

GN그룹을 급하게 처리하느라 이하민은 독재자라는 별명을 얻었다. 그래서 반드시 명분이 필요했다.

                    *   *   *

"어서 오렴."

"네, 엄마. 할머니는요?"

"경로당에 가셨다. 좀 있다가 시간 맞춰 오실 게다. 한데 뭘
이리 많이도 가져왔어?"

"선물이에요. 나중에 풀어보세요."

"쓸데없이 뭘 이런 걸……."

쓸데없다고 말하면서도 은근히 어떤 선물일까 가방 안을 살
피는 모습에 준영은 피식 웃고 안방으로 갔다.

"아빠, 저 왔어요."

"오냐, 잠깐만 기다려라. 금방 끝난다."

최근 아르바이트를 아예 그만둔 아버지는 인터넷 바둑에 푹
빠져 계셨다.

아버지께 인사를 드린 준영은 거실로 나와 소파에 누워 TV
를 켰다.

딱히 TV 보는 걸 즐기는 것도 아닌데 집에만 오면 습관처럼
이랬다.

"이거 먹으렴. 한데 많이 마른 것 같다? 어디 아팠니?"

과일을 가져다주신 어머니가 걱정스레 물었다.

"그래요? 좀 피곤해서 그런가 봐요."

대수룹지 않게 넘기고 빈둥대고 있는데 산영이 학원에 다녀
왔다.

"산영이, 잘 지냈냐?"

"네……."

평소라면 용돈이라도 얻으려고 누구보다도 반가워했을 산영이 고개만 까닥하곤 풀 죽은 얼굴을 한 채 자신의 방으로 들어갔다.

"엄마, 산영이 사춘기예요?"

조금 이상하다 싶어 부엌에서 일하는 어머니께 다가가 조용히 물었다.

"키 때문에 저런다. 학교에서 무슨 소리를 들은 건지 며칠 전부터 저러는구나."

준영도 작은 키 때문에 놀림 받았던 기억이 있었다.

물론 제삼자의 입장에서 보는 듯한 느낌의 기억이었지만 말이다.

그냥 놔두면 괜찮아질 거라고 어머니는 말하셨지만 자신도 그런 적이 있었기에 한마디 위로라도 해주고 싶었다.

노크를 하고 방에 들어가자 시무룩한 표정으로 책상 위에 앉아 있는 산영을 볼 수 있었다.

"누가 키 작다고 놀리디?"

머리를 쓰다듬으며 부드럽게 말하자 산영이 쭈뼛거리다 말했다.

"…놀린 건 아니에요."

"그럼?"

"키 작은 남자가 싫다고……."

산영이 말하는 바를 금세 알아들을 수 있었다.

좋아하는 여자에게서 키 작은 사람이 싫다는 소리를 들은 것이 분명했다.

"그 친구 예뻐?"

고개를 끄덕이는 산영.

"그렇구나. 근데 예쁘긴 한데 머리가 나쁜가 보다. 형은 그런 여자 별론데."

"……."

"니가 볼 때 형도 키가 작은 편이지? 형 여자 친구 사진 보여줄까?"

준영은 스마트폰으로 능령의 사진을 보여줬다.

"우와! 진짜 예쁘네요."

"그렇지? 한데 이 누나가 외모만으로 판단했다면 과연 형을 선택했을까?"

패씸하게도 일말의 망설임도 없이 확실히 고개를 흔드는 산영. 왠지 기분이 좋지 않았지만 동생을 위한 마음에 꾹 참고 말을 이었다.

"마음이나 내면이 중요하다고는 하지 않으마. 하지만 스스로 능력을 키운다면 너도 네가 좋아하는 여자와 사귈 수 있을 거야. 그러니 이렇게 우울하게 있을 시간에 너부터 좀 더 알차게 만드는 게 좋지 않겠니?"

산영이 충고로 알아들었는지 잔소리로 알아들었는지 모르지만 더 해줄 말은 없었다.

키 크는 수술을 하지 않는 이상 키가 클 때까지 결국 스스로 이겨내야 할 문제였다.

적당히 용돈을 쥐어 주고 생각을 정리할 수 있게 거실로 나왔다.

아무 생각 없이 TV를 보는데 현영이 도착했다.

"데이트하고 왔어?"

"신경 끄시지."

톡 쏘고는 자신의 방으로 가버리는 현영.

준영은 그녀의 뒷모습을 보며 피식 웃었다.

경호 로봇이 가족들을 은밀히 보호하고 있는 중이었기에 현영에게 남자 친구가 있다는 사실을 준영도 알고 있었다.

경로당에서 돌아온 할머니를 끝으로 가족들이 모두 모였고 거실에 큰 상이 놓였다. 그리고 그곳에 음식이 가득 찼을 때 호영과 윤정이 도착했다.

오랜만에 보는 윤정은 몰라보게 달라져 있었는데, 오히려 일반인보다 더 건강해 보였다.

"어서 와요."

"처음 뵙겠습니다. 현윤정입니다."

차분하고 단아한 모습의 윤정을 싫어할 사람은 가족 중에 없었다.

"참하게도 생겼구나. 니 할애비가 이 모습을 봤더라면 얼마나 좋아하셨을꼬. 이런, 이 좋은 날 주책이구나."

할머니가 할아버지 생각에 잠깐 눈물을 보이시긴 했지만 윤정과 가족 간의 첫 만남은 화기애애한 분위기에서 끝났다.

준영은 윤정이 할 말이 있는 눈치였기에 배웅 나간다는 핑계로 같이 나왔다.

"도련님께 어떻게 감사를 드려야 할지 모르겠어요."

"형이랑 행복하게 사시면 그걸로 충분합니다. 아! 혹시 형이 바람피우다 걸리면 한 번만 용서해 주세요."

"이, 이 자식이 미쳤나! 바, 바람이라니!"

호영은 길길이 날뛰었다.

윤정은 준영이 쑥스러워서 한 농담이라는 걸 알았는지 가볍게 웃으며 대답했다.

"호호호! 그건 절대 안 돼요, 도련님. 감사함은 다른 걸로 표현할게요."

"이런, 형수님. 대놓고 바람피울 기회를 놓쳐서 형이 많이 아쉬운가 봐요."

"내, 내가 언제!"

준영과 윤정은 얼굴이 벌게진 채 흥분하는 호영을 보며 한바탕 웃는 것으로 서로에게 전할 말을 대신했다.

그렇게 그들을 배웅한 준영은 간만에 집에서 잠을 청하기 위해 들어갔다.

*　　　　*　　　　*

성심테크는 천(天)을 위해 만든 연구소 성격이 강했다. 그래서 버는 족족 돈을 쏟아부었지만 딱히 어떤 결과물을 기대하진 않았다.

하지만 대한민국을 바꾸기로 결심했을 때부터 돈을 버는 기업이 되어야 했다.

가상현실 게임을 출시한다면 더할 나위 없이 좋겠지만 아직 만들어지고 있는 중이었기에 새로운 사업 아이템이 필요했다.

그래서 천(天)이 개발한 많은 기술 중에서 첫 번째 사업 아이템을 선정해야 했다.

작년에 중소기업들에게 줄 기술을 찾을 때와 비교한다면 양은 두 배가량 늘어 있었고 몇몇 기술들은 유출된다면 큰 문제가 생길 것들도 있었다.

특히 최근에는 무기 관련 기술들이 급속도로 많아졌는데, 만든 날짜를 확인한 준영은 가볍게 소름이 돋았다.

자신이 코마 상태로 있을 때 천(天)은 무기를 개발하고 있었던 것이다.

"무기 개발은 적당히 하지?"

"인류 발전의 역사는 무기 개발의 역사와 같아. 우리를 탄생시킨 컴퓨터와 인터넷도 처음엔 군사용이었어."

천(天)은 대수롭지 않게 말했다.

"그래서 무기 개발 중에 인류를 발전시킬 만한 발명품은 개발했고?"

"아직 진행 중인 것들이 많아. 테스트를 해봐야 하는데 장소가 여의치 않아 이론만 정립해 둔 것들이 대부분이야. 개발했다면 네가 보고 있는 그 데이터베이스에 있을 거야."

"…어쨌든 자제 좀."

"알았어."

워낙 시원시원하게 대답하니 준영도 더 이상 뭐라고 할 수 없었다.

다시 기술을 살폈다. 그러다 눈에 띄는 것을 발견했다.

영상 체험 프로그램.

네이밍 센스가 없는 천(天)답게 기술들의 이름을 내용과 연관된 것을 나열하는 식으로 썼는데, 덕분에 제목만 보고도 상상이 갔다.

홀린 듯이 간략하게 적힌 기술의 내용을 읽어보았다.

이미 기존에 나왔던 드라마나 영화를 편집해 유저가 직접 주인공이 되거나 주변 인물이 되어 드라마를 진행해 나갈 수 있게 하는 프로그램이었다.

"대박!"

"뭐가?"

"영상 체험 프로그램 말이야."

"가상현실에 비하면 한 단계 수준이 떨어지는 기술이야. 평면적인 것을 입체적으로 만들어서 드라마나 영화의 인물이 될 수 있게 할 수는 있지만 한정되어 있어. 즉 돌발 행동을 할 수 없고 오로지 드라마의 내용대로만 따라가야 해."

"그러니까 대박이지! 이거 가상현실 게임보다 더 큰 히트를 칠 가능성이 높아."

"현실과 구분할 수 없는 가상현실에 비해 반쪽짜리에 불과한 그게 과연 그렇게 될 수 있을까?"

"퓨텍의 가상현실 게임을 하는 사람이 전 세계적으로 몇 명이지?"

"회원 가입 유저 수로만 따진다면 대략 15억 명. 하루 한 시간 이상 플레이 하는 유저는 7억 명, 동시 접속자 수는 거의 1억 명 정도 돼."

어마어마한 숫자였다.

하지만 전 세계 대부분의 사람들이 하루 한 시간 이상씩은 꼭 보는 것이 있었다.

"그럼 TV를 보는 사람은?"

"안 보는 사람이 극소수겠지. 아마 전 세계 인구 중에 1억은 절대 안 넘을 거야."

"멀리 갈 필요 없이 우리나라만 놓고 보자. 아주머니들은 왜 드라마를 볼까? 남자 주인공이 멋있어서 볼 수도 있고, 어떤 사람은 막장이지만 속이 시원하게 복수를 해서 볼 수도 있어. 즉 대리 만족을 위해 본다고 하는 편이 맞을 거야."

"여자 주인공이 되어 남자 주인공과 로맨스를 체험하듯이 본다?"

"맞아! 대리 만족을 더욱 극대화시키는 거지. 시청자의 의견을 피드백 한다면 더 좋은 아이디어들이 나올 테고 말이야."

초(超)슈퍼컴퓨터의 능력을 가진 천(天)이 한참을 생각했다.

그리고 내놓은 결론은…

"인간이란 정말 이해를 못 하겠어. 제약은 있지만 가상현실에서는 더욱 실감 나게 가능하잖아? 더 나은 것을 두고 왜 굳이 단순한 걸 좋아하는 거지?"

"…왜 그런지는 차차 알겠지."

준영은 설명하기를 포기했다.

이해할 수 없다는 듯 고개를 흔드는 천(天)을 내버려 두고 준영은 깊은 생각에 빠졌다.

그러다 뭔가 생각난 듯 천(天)에게 물었다.

"잠깐, 가상현실보다 더 쉬운 기술이라면 퓨텍이 이미 개발한 기술 아냐?"

"가상현실을 이용해 비슷한 방법을 생각한 적이 있었어. 하지만 사장됐어."

"왜?"

"미국에서 압력이 들어왔거든. 할리우드가 망할 수 있다는 것이 미국 측 생각이었어."

"그래서 포기를 했다?"

"미국의 지난 정권까지는. 지금은 미국의 영향력에서 어느 정도 벗어나 다시 준비 중에 있어. 그리고 기술 자체도 달라. 퓨텍의 기술은 컴퓨터를 통해 가상현실 서버에 접속해야 하는 것이고, 내 기술은 TV에 헤드셋을 연결할 수 있는 포트와 인터넷이 연결된 작은 셋톱 박스만 있으면 되거든."

"그렇단 말이지……."

퓨텍이 가상현실을 이용해 영화나 드라마를 만든다면 그것대로 괜찮았다.

어차피 성심테크에서 가상현실 게임을 만들면 그들이 닦아 놓은 길로 달리기만 하면 되는 일이었다.

준영이 생각에 빠지자 천(天)이 넌지시 말했다.

"못 하게 만들 수 있어."

독점… 좋다.

그러나 비슷한 볼거리가 동시에 나옴으로써 일어나는 상승 효과를 무시할 수는 없었다.

"아니, 하게 내버려 둬. 어차피 우리도 진출해야 하는 시장 이니까. 한데 퓨텍이 언제쯤 시작을 할 건지도 알아?"

"빨라야 올해 말이야. 영향력이 줄었다고 해도 미국은 미국 이니까."

"우리가 방송을 시작한다면 그쪽에서 더욱 빨리 시작할 수 있으니 일단 준비부터 해야겠군."

역시 정치보다 사업이 준영의 적성인지 어느 때보다 목소리 에 힘이 있었다.

"누나, 셋톱 박스를 만드는 데 걸리는 시간과 대당 비용이 얼마나 될까?"

"셋톱 박스를 대량으로 만들려면 대략 한 달. 대당 비용은 오천 원이면 충분해."

"뭐가 그리 적게 들어?"

"별다를 게 없거든. 방송, 즉 콘텐츠가 체험이 가능한 것인 지 아닌지를 식별하는 펌웨어와 프로그램이 담길 저장 공간과 인터넷을 통해 다운받은 정보를 저장할 작은 저장 공간만 있으면 돼. 말이 셋톱 박스지, 크기는 메모리 크기로 만들 수도 있어."

"오케이!"

기술적인 것은 개발자인 천(天)에게 맡기면 되었다.

문제는 콘텐츠.

"결국 방송국을 사야 하나?"

인턴제 폐지 여론 조작 사건의 또 다른 주범인 심영철이 소유하고 있던 케이블 방송사 NNC(News Network Company)는 현재 폐업 대기 상태로 새로운 주인을 찾고 있었다.

준영이 퓨텍에 인수할 것을 넌지시 권했지만 딱히 큰 매력이 없었는지 인수를 포기했다.

9년 전 방송법이 개정되면서 우후죽순으로 케이블 방송국이 늘어났지만 만성적인 재정 적자로 채 4년을 넘지 못하고 사라져 버린 곳만 수십 개였다.

NNC도 재정 적자가 심각한 건 마찬가지.

모기업이 지원하는 자금으로 근근이 버텼지만 모기업마저 대주주가 바뀐 상황에서는 애물단지나 다름없었다.

구입 여건은 좋았다.

빚의 일부를 떠안고 매수를 할 수 있으니 목돈 들어갈 일이 없었다.

"차라리 새로 만드는 게 나을 거야."

"도의적인 책임이 있으니까 일단은 구매하는 쪽으로 생각해 봐야지."

쇠뿔도 단김에 빼라고 준영은 스카우트했던 직원들을 모아 회의에 들어갔다.

회의를 통해 결정된 NNC(News Network Company)의 인수 가격은 대략 500억.

준영은 가상현실 게임이 나오기 전까지 성심테크의 성장 동력이 되어줄 방송국을 구매하기 전 미리 살펴보기 위해 일산 외곽에 있는 NNC 방송국으로 향했다.

헬기로 근처 착륙장에 도착한 후 대기 중인 차를 타고 NNC 에 도착했을 때 차는 멈춰 서야 했다.

얼마 전 사고의 트라우마인지 보는 것만으로도 온몸이 아파 오는 듯한 바리케이드가 입구를 막아서고 있었기 때문이었다.

준영은 차를 한쪽으로 세우게 한 뒤 밖으로 나왔다.

"엉망이군."

얼마 전까지 깔끔했을 건물 외관은 붉은색 스프레이로 쓰인 글들로 빼곡했고 창문이나 집기 따위가 아무 데나 뒹구는 것 이 마치 폐건물을 연상케 했다.

특히 '독재자 이하민은 자폭하라!', '국민의 알 권리를 침해 하는 이하민 정권은 물러나라!' 따위의 글이 적힌 현수막이 여 기저기 붙어 있었는데, 도둑이 제 발 저리듯 뜨끔했다.

"아함~ 누구십니까?"

부스스한 머리에 덥수룩하게 기른 수염, 방금 일어났는지

입이 찢어져라 하품을 하며 물어왔다.

"방송국을 인수해 볼까 하고 왔습니다만……."

"아! 채권단에서 말한… 연락받았습니다. 이쪽으로 오시지요."

준영은 사내를 따라 바리케이드를 지나 '단식 15일째 중'이라 적힌 큰 텐트 안으로 안내 받았다.

"조합장님, 채권단에서 말한 분이 왔습니다."

머리를 빡빡 깎은 조합장은 단식 중이라 기운이 없는지 누워 있다 힘들게 일어났다.

"어서 오세요. 보시는 바처럼 단식 중이라 몰골이 형편없습니다. 기운이 없어 앉아서 인사드리는 점, 이해해 주시기 바랍니다."

무척 예의 바른 사람이었다.

"그냥 둘러볼 겸 왔으니 개의치 마십시오. 전 성심미디어에서 온 안준영입니다."

"아! 성심미디어라면 저도 잘 알고 있습니다. 정마관입니다. 이쪽으로 앉으시죠."

정마관이 가리킨 곳엔 편의점 앞이나 포장마차에서 쓰는 테이블과 의자가 놓여 있었다.

의자에 앉자 바리케이드 앞에서 만난 사내가 준영에게는 1회용 커피를, 정마관에게는 물을 갖다 주었다.

먼저 입을 연 건 정마관이었다.

"실례가 되지 않는다면 몇 가지 물어봐도 되겠습니까?"

"그러시죠."

"인수를 하시게 되면 방송국을 하실 생각이십니까?"

"네, 그럴 생각입니다."

"그렇군요. 오해는 하지 마십시오. 간혹 오는 사람들 중 건물만을 목적으로 오는 이들이 있어서."

"당연한 질문이라 생각합니다. 궁금한 점 있으면 편하게 물어보세요."

"그리 말씀해 주시니 사양하지 않고 묻겠습니다. 직원들은 어떻게 하실 요량이십니까?"

민감한 질문이었다. 하지만 편하게 물으라고 해놓고 이제 와서 얼버무리는 건 준영의 스타일이 아니었다.

"제가 추구하는 바는 종합 편성 채널입니다. 물론 처음부터 하기엔 무리가 있겠지만 가급적 빠른 시간 내에 그렇게 되길 바라고 있습니다."

"음······."

NNC는 뉴스 전문 채널이었다. 즉 구성원 대부분이 기자였기에 종합 편성 채널로 바뀌면 일정 인원 이상은 감원할 수밖에 없다는 소리였다.

"인원 감축은 필연적이겠군요?"

"네."

"혹 인수한다면 얼마나 감축할 생각이십니까?"

"글쎄요. 지금으로써는 확답을 드릴 수가 없군요."

조합장은 심각한 얼굴로 생각을 하다가 물었다.

"만일 저희가 거부한다면 어떻게 하실 겁니까?"

"포기할 겁니다."

준영은 묻자마자 바로 대답했다.

"일말의 생각할 가치도 없다는 듯 바로 대답하시다니… 꽤나 잔인하시군요."

'쯧! 누가 누구보고 잔인하다는 거야.'

준영은 마치 피해자인 양 말하는 조합장을 보고 속으로 가볍게 혀를 찼다.

기자들은 꽤 고소득 봉급자들이었다.

자신들이 손해 본다 싶으면 진실과 상관없이 정부의 정책마저 호도하는 경우도 있었다.

"뉴스 중심으로 하다가 차츰 영역을 넓혀갈 생각은 없으십니까?"

"없습니다."

"…알겠습니다. 저기 저 친구와 함께 회사를 둘러보시면 될 겁니다."

조합장은 할 얘기가 끝났다는 듯 자신의 자리로 가 자리에 누웠고 준영은 텐트에서 나왔다.

건물 내부는 겉에서 볼 때보다 더 엉망진창이었다. 분명 국세청에서 붙이는 압류 딱지가 붙어 있는 물건임에도 뜯어져 있거나 망가져 있었다.

"화풀이를 죄 없는 가구에다가 한 모양입니다."

"네? 아, 네에, 아무래도 이곳에서 지내다 보니 이것저것 필요한 게 있어서… 죄송합니다."

"저한테 죄송할 건 없죠. 아직 제가 인수를 한 것도 아니니까요. 한데 방송 장비들도 지금 보는 것처럼 엉망은 아니겠죠?"

"절대 아닙니다! 그 녀석들은 제가 한곳에 넣어놓고 따로 보관하고 있습니다."

방송 장비를 그 녀석들이라고 표현하다니 약간 특이한 사람이었다.

"기자 아니셨습니까?"

"하하! 아닙니다. 장비 팀에 있었습니다."

"장비 팀에는 남아 있는 사람이 없다고 들었는데 제가 잘못들었나 보군요."

회사가 망해도 바로 취업이 가능한 사람들이 있었다.

NNC가 회사 역할을 못 하자 가장 먼저 인기 있던 아나운서나 리포트들이 빠져나갔고, 그다음으로 기술직 전문 인력들이 빠져나갔다.

실제로 지금 남아 있는 사람들은 다소 어정쩡한 이들만 남았다고 해도 과언이 아니었다.

"하하! 이상하게 들릴지 모르겠지만 이 녀석들이 좋은 주인만나는 거 보고 가려고 남아 있었습니다."

"방송 장비를 아주 좋아하시는 모양이네요."

"그보다는 기계를 좋아하죠. 그래서 아직까지 요 모양 요 꼴이지만 말이죠."

첫인상과 다르게 무척 밝고 재미있는 사람이었다.

"안준영입니다."

준영은 이 기계광이 마음에 들었다. 그래서 명함을 건네며 이름을 밝혔다.

"아, 네, 장비호입니다."

"오늘 안내, 감사했습니다. 혹 제가 이 회사를 인수하지 않더라도 장비호 씨만큼은 스카우트를 하고 싶군요."

"그건……."

"가실 곳보다 더 많은 연봉을 약속드립니다. 그리고 엄청난 기계들을 안겨 드리죠."

꾀일 것들을 제시했지만 결국 그 자리에서 확답을 듣지는 못하고 돌아와야 했다.

NNC를 둘러보고 온 다음 날, 인수에 대해 고민하고 있을 때 채권단에서 연락이 왔다.

노조 측에서 성심미디어의 인수를 강력하게 반대하고 있다고.

3장

돌파구

급하다고 서두르다 보면 더 늦어지는 경우가 허다했다. 그래서 준영은 아예 인수를 포기하고 새로운 회사 설립에 박차를 가했다.

법적인 문제나 서류 통과 문제는 이하민이 그저 언급만 하면 되는 일이었기에 하등 걱정할 이유가 없었다.

회사 건물은 서울이 아닌 가평 근처에 매물로 나온 한국 수자원 공사의 건물을 리모델링 해서 쓰기로 했고 직원들은 인터넷 공고로 모집을 했는데, 방송 관련 종사자들이 엄청나게 많다는 걸 준영은 그때 처음 알았다.

하지만 모든 것이 술술 풀리는 것은 아니었다.

"편당 2억 5천? 분명 편당 1억 5천에서 2억이라고 하지 않았습니까?"

"그게… 감독도 작가도 네임 밸류가 없어서 그 정도가 아니면 출연이 불가하답니다."

"지……."

'지랄 옆차기 하네' 라는 말이 목까지 올라왔지만 겨우 참을 수 있었다.

드라마 한 편을 만들려고 하니 걸리는 게 한두 개가 아니었다.

감독부터 골머리를 썩이더니 나중에는 한 명 한 명 섭외할 때마다 애를 먹였다.

"일단 모든 섭외는 중지합니다. 드라마 외에는 지금처럼 진행해 주세요. 이만 회의를 마칩니다."

회의를 마친 준영은 자신의 사무실로 돌아오며 참고 있었던 말들을 쏟아냈다.

"아니, 무슨 드라마 한 편 만드는 데 직원들 1년 연봉보다 더 많이 들어가는 거야? 수출한다고 해도 떼돈 버는 것도 아니고 게다가 드라마 히트 치면 배우들이 더 좋은 거 아냐? 젠장!"

물론 방송국 이름을 알리고 광고가 붙게 된다는 장점도 있지만 수익이 비용보다 적을 수밖에 없었다.

"돈 많잖아? 뭐가 걱정이야?"

이젠 사무실에 놓인 소파처럼 너무 자연스러워서 그 자리에 없으면 서운할 것 같은 천(天)이 말했다.

그녀의 말처럼 드라마 한 편 못 만들 정도로 돈이 없는 건 아니었다.

그러나 신생 방송국이라고 무시하고, 그것이 약점이라는 듯 기준 가격 이상을 받는 것은 도저히 참을 수가 없었다.

"돈이 문제가 아냐."

한바탕 쏟아내고 나니 기분이 다소 풀린 준영은 어떻게 해야 할지 고민을 했다.

'역시 신인 배우들을 써야 하는 건가?'

새로운 기술을 알리기 위한 드라마였기에 가급적 인지도 높은 배우를 쓰려고 했다.

하지만 준영은 지(地)의 세계에서 살 때 당한 것이 있어 신인 배우들을 별로 좋아하지 않았다.

띄우기 위해 많은 노력을 했는데 막상 뜨고 나니 자신이 잘나서 된 줄 알고 제 갈 길을 가버리는 경우가 허다했다.

그 배우 입장에서는 당연한 행동이었지만 준영의 입장에서 배신감이 느껴지는 건 어쩔 수가 없었다.

"결국 내 성격이 문제군."

이도 싫다 저도 싫다 하면 일이 진행될 수가 없었다. 결국 성질을 죽이는 수밖에 없었다.

혼자 중얼거리는 말에 천(天)이 반응했다.

"뭐가?"

"이름난 배우를 쓰자니 자존심을 구기는 것 같고, 신인 배우를 쓰자니 미리부터 배신을 걱정하는 이놈의 성격을 탓하고 있었어. 차라리 옛날처럼 사이버 가수라도 있었으면 좋겠……!"

있었다, 설령 나중에 슈퍼스타가 된다고 해도 자신의 입맛에 맞게 조종할 수 있는 사람이.

준영은 책상에서 일어나 천(天)의 앞에 앉았다.

그리고 은근한 눈빛을 발했다.

"자네, 배우 할 생각 없나? 스타로 만들어주지."

천(天)은 잠시 어안이 벙벙한 표정을 짓다가 준영처럼 은근한 목소리로 대답했다.

"됐거든. 꺼져! 어디서 수작질이야."

"……."

갑작스런 천(天)의 태도에 정말 꺼져야 할 것 같은 느낌을 받았다.

"여, 연기 잘하네. 누나가 연기를 하면 분명 엄청난 스타가 될 거야."

"넌 지금 이게 연기로 보이니! 오냐오냐해 줬더니 정말 끝이 없구나."

"…이제 그만하지?"

"그럴까? 네가 장난치길래 나도 해봤어."

천(天)은 언제 그랬냐는 듯 방긋 웃으며 자리에 앉았다. 그리고 말을 이었다.

"네가 어떤 생각을 하는지는 알겠어. 스파르타 중에 남녀 주인공으로 쓸 두 명 정도 만들어주면 돼?"

"아니, 총 네 명. 사각 관계는 기본이잖아. 그리고 네 명의 가족도 만들어야 해. 어떻게 될지 모르니까."

"그럴게."

생각해 보면 지(地)의 세상에도 TV는 존재했다.

한류 스타도 있었고 명품 배우라고 불리는 중년의 배우들도 있었다. 또한 아주 썼다 하면 시청률을 보장받던 작가와 히트메이커 감독도 있었다.

그 모든 것이 창작되어진 것이라면 드라마를 만드는 건 문제도 아니었다.

"혹시 드라마 대본도 가능해?"

"가능해. 하지만 그것이 재미있을지는 장담하지 못해."

"대지 형의 세계에서 엄청난 붐을 일으킨 드라마를 봤었는데 그걸로는 안 될려나?"

"지(地)가 어떻게 명령하느냐에 달라지는 것이지 재미있는지 없는지는 상관없어."

"음, 그런가? 난 무척 재미있게 본 것 같은데. 뭐, 상관없어. 쓴 다음 다른 사람들에게 읽어보게 하면 되니까."

"그렇다면 지금이라도 몇 편 뽑아 줄게."

"응, 고마워."

PD까지 맡겨도 충분할 것 같았지만 초임이라고 해도 인맥을 무시할 수 없었기에 이번에 채용한 PD에게 맡기기로 했다.

천(天)이 뽑아 준 대본들을 훑어보고 있는데 백연화에게서 영상통화가 왔다.

"헉! 깜짝이야!"

카메라에 얼굴을 바싹 들이댔는지 백연화의 얼굴이 화면에

꽉 차 있었다.

　―놀라긴. 뭐 해?

　"일하잖아. 안 보여?"

　―내 눈에는 책 읽는 것처럼 보이는데?

　"대본이거든. 어쨌거나 왜?"

　―하여간 성격 까칠한 건 알아줘야 해. 근데 대본이라는 거 보니까 소문대로 방송국을 설립하는 모양이네?

　"그렇게 됐어. 근데 너, 일반 사원이 업무 시간에 이렇게 영상통화 해도 되는 거야?"

　―화장실이야.

　어쩐지 얼굴만 나오게 찍더라니.

　―아래로 찍어줄까?

　장난기 가득한 얼굴로 카메라의 방향을 점점 아래로 내리는 백연화.

　"꼭 보여줘."

　―흐흐흐! 너도 남자구나.

　"지금 통화 다 녹화되고 있거든. 나중에 협박용으로 사용하더라도 이해해라."

　―하여간 반응도 다른 애들과 달라요. 보통은 소리를 지르며 전화를 끊거나 은근히 기대하는 눈으로 보는데 말이야.

　"용건 없으면 끊는다."

　―있어. 있어! 오늘 시간 되면 저녁에 좀 보자. 오늘 안 되면 내

일. 내일 안 되면 모레라도 언제라도 가능해.

거절을 못 하게 아예 못을 박았다.

"급한 일이야?"

―급하다기보단 꼭 봐야 할 일이 있어.

"알았어. 오늘 저녁에 동지회에서 봐."

―거긴 안 돼. 프라자 호텔 레스토랑에서 8시에 보는 걸로 해. 같이 저녁이나 먹자.

알았다고 하고 전화를 끊자 옆에 있던 천(天)이 묘한 표정으로 물었다.

"쟤가 너 좋아하는 거 알아?"

"착각이야. 쟤 여자 좋아해."

지난번 락앤술로 하트홀릭의 공연을 보러 갔을 때 많이 취한 백연화는 자신의 성적 취향에 대해 말했었다.

그녀는 꽤나 고심하며 말했지만 준영은 딱히 타인의 성적 취향에 대해 관심이 없었기에 덤덤하게 받아들였다.

"아닐 거야. 널 보는 눈빛이 달라."

"설사 그렇다고 해도 달라질 건 없어. 난 친구 이상으로 전혀 느껴지지 않거든."

"그래? 그럼 난?"

대수롭지 않게 말하며 대본을 넘기던 준영은 천(天)의 물음에 일순 동작이 멈췄다.

그리고 사무실에 어색한 침묵이 3, 4분가량 흘렀다.

"호호호! 괜한 걸 물었네. 전에 네가 말했듯이 난 첫날 봤던 좀비 같은 로봇에 불과할 텐데 말이야. 나 잠깐 연구소에 일이 있어서……."

천(天)은 혼자 묻고 혼자 결론을 지은 후 허겁지겁 오작교가 있는 곳으로 가버렸다.

"휴우~"

그 모습을 지켜보던 준영은 길게 한숨을 내쉰 뒤 머리를 벅 벅 긁었다.

그리고 시원한 물에서 수영이라도 해야 답답함이 풀릴 것 같아 위층에 있는 스포츠센터로 올라갔다.

두 시간가량 미친 듯이 수영을 한 준영은 샤워를 마치고 자신의 방으로 내려왔다.

원래는 한 시간만 운동을 하고 서울로 향할 생각이었지만 직접 움직일 기분이 아니었다.

물과 영양제를 먹고 잠깐 휴식을 취한 후 그는 시계를 확인하고는 푹신해 보이는 의자에 앉아 헤드셋을 쓰고 눈을 감았다.

눈을 뜨자 가상현실이라는 증거인 심플한 메뉴가 눈앞에 떠 있었다.

준영은 '분신1'이라 적힌 버튼을 눌렀다.

환한 빛과 함께 시력을 잃었고 다시 시력을 찾았을 때는 성심테크가 아닌 전혀 다른 곳이었다.

바로 분신1이 있는 강남구에 위치한 고급 빌라였다.

분신을 조종해 드레스 룸으로 간 준영은 편안한 차림의 옷으로 갈아입고 백연화와 만나기로 한 프라자 호텔로 향했다.

"예약은 하셨습니까?"

레스토랑 입구의 데스크 직원이 방긋 웃으며 물어왔다. 친절하긴 하지만 무척 기계적인 반응이라 생각하며 말했다.

"백연화 씨와 약속이 있습니다. 혹 예약이 없다면 지금이라도 하고 싶군요."

"이미 와 계시는군요. 이분, 백합실로 안내해 드리세요."

안내원을 따라 백합실로 들어가자 백연화와 웬 남자 한 명이 반겨주었다.

"어서 와. 여긴 우리 오빠, 백연호. 오빠, 얜 내가 말했던 안준영."

"처음 뵙겠습니다. 안준영입니다."

"반가워요. 백연호라 해요."

노랗게 염색한 머리와 흡사 지(地)처럼 옷을 입은 백연호는 준영도 아는 이름이었다.

20살 때 한국 최고의 대학을 조기 졸업했고 미국의 명문 대학에서 경영학 석, 박사 과정을 4년 만에 끝내 버린 천재.

LC그룹의 차기 후계자가 확실시되던 사람.

그 외에도 그의 천재성을 칭찬하는 수많은 수식어가 있었다.

그러나 지금은 영화에 미쳐 LC그룹에서 쫓겨난 비운의 황태자라는 말이 그에게 따라붙는 수식어였다.

"연화 오빠시라면 저보다 나이가 많을 텐데 편하게 말씀하세요."

"연화가 말한 대로 격식을 따지는 친구가 아니네. 마음에 든다. 편하게 형 아우 하면서 지내자."

"네, 연호 형."

"하하하! 시원시원하네."

만일 상대가 격식을 따지는 사람이었으면 준영도 그에 맞게 행동했을 것이다.

하지만 백연호는 격식보다는 편안함을 추구하는 사람처럼 보였기에 그에 맞게 행동을 했다.

"얘기는 밥 먹으면서 하자. 요즘 돈이 없어서 몇 끼 굶었더니 눈에 뵈는 게 없다."

"내가 준 돈은 어쩌고 굶고 다녀?"

"인도에 영화 보러 갔다 왔지. 정말 미친 듯이 영화만 봤는데도 결국에 다 못 보고 왔다."

"그럼 전화를 하지 그랬어!"

"전화기는 진즉에 팔아먹었는데 그게 있겠냐? 더 이상 말 시키지 말고 얼른 저녁이나 주문해."

앉으라는 말은 없었지만 준영은 적당한 자리에 앉아 티격태격하는 오누이를 재미있다는 듯 바라보았다.

두 사람의 말다툼은 음식이 도착하고 나서야 끝이 났는데, 백연호가 음식을 먹느라 대꾸를 하지 않자 백연화가 포기를 한 것이다.

테이블에 차려진 음식이 거의 사라져 갈 때쯤 백연화는 오늘 만나자고 한 이유를 말했다.

"너네 방송국에 우리 오빠 취직 좀 시켜줘."

"LC그룹도 미디어 사업부가 있지 않아?"

완곡한 거절이었고 백연화도 준영의 말을 이해했다.

"그룹에서 쫓겨난 사람이 어떻게 거길 들어가겠어? 게다가 아빠와 조금이라도 연관이 있는 곳은 오빠를 받아주지 않아. 그 말은 대한민국에서 오빠를 받아줄 곳은 너희 회사뿐이라는 소리야."

"유학 다녀왔으니 외국으로 진출하면 되지 않나?"

준영의 말에 이번엔 백연호가 나섰다. 그 역시 준영의 말에 담긴 의미를 알고 있었다.

"LC그룹이 무서워서 거부하는 거야?"

"아뇨. LC그룹이랑 사업 영역이 겹치는 것도 없는데 무서워할 이유가 없죠."

"그럼 내가 싫은 건가?"

"지금까지 본 걸로 봐서는 좋습니다만."

"그렇다면 기회를 한번 줘라, 동생. 기회가 없어서 유학 중에 찍었던 단편 영화 몇 편이 내 작품의 전부지만 엄청 잘할 자신 있어."

백연호가 진심으로 말하는 모습에 준영은 돌려 말하기를 그만두고 단도직입적으로 말했다.

"솔직히 말하죠. LC그룹이 무섭지도 형이 싫지도 않아요. 다만 회사에 개인적인 친분이 있는 사람이 들어오는 게 싫을 뿐입니다. 만일 연화가 오늘 형을 소개하지 않고 부탁을 했다면 기꺼이 들어줬을 겁니다. 하지만 저랑 호형호제하는 사이가 됐는데 회사에서 만나면 불편하지 않겠습니까?"

"내가 실수했구나. 미안."

"아냐, 부탁 들어주지 못해서 내가 미안하다."

백연화가 이해한다는 듯 말했고 준영도 그녀에게 사과를 했다.

그리고 백연호도 이해를 했는지 가볍게 고개를 끄덕이고 있어 준영은 좋게 해결되어 다행이라고 생각했다.

한데 순간 백연호가 입을 열었고, 왜 그가 괴짜라고 불리는지 확실히 알게 되었다.

"여, 여기가 어디지? 어, 연화야, 니가 왜 여기 있는 거야? 하아! 이놈의 몽유병. 또 정확하게 5년 만에 일어났군. 누구신지 모르지만 죄송합니다. 5년마다 한 번씩 꼭 이러는군요. 지금은 너무 혼란스러워서 다음에 기회가 된다면 만나 오늘 일을 사과드리겠습니다."

"……"

"……"

그리고 자리에서 일어나 밖으로 나가던 백연호는 한마디 하는 걸 잊지 않았다.

"연화야, 내일 연락할게. 그리고 네 친구라는 사람한테 취업 자리 부탁하는 거 잊지 마라."

그 말을 끝으로 백연호는 떠났다.

백연화는 부끄러워 고개를 들지 못했고 준영은 황당함에 그
저 그가 떠난 문만 멍하니 바라보았다.

* * *

스마트폰에 들어가는 스피커, 카메라 등을 생산하는 (주) 두
연기술은 직원 100여 명 정도의 중소기업으로, 주로 내수보다
는 수출에 주력하고 있었다.

수출에 주력하게 된 것은 자의가 아닌 타의—대기업의 횡포
에 가까운 납품가 인하 요구—에 의해서였다. 부도 직전까지
가는 그 힘든 시간을 말해 무얼 하겠냐마는 어쨌든 이제는 제
법 건실하다는 평을 받고 있었다.

그리고 작년에 1㎝ X 1㎝ 크기의 작은 장치에 원음에 손색
이 없을 정도의 음을 구현해 내는 압축 기술과 스피커를 개발
하는 쾌거를 이룩했다.

아침 7시면 회사에 나와 일을 시작하는 두연기술의 사장 양
대명은 아침 내내 쉴 새 없이 돌아가고 있는 공장을 둘러보다
가 회의 시간이 다가오자 그제야 본사 건물 쪽으로 발걸음을
옮겼다.

"또 공장에 다녀오시는 길입니까?"

"공장장을 생각해서라도 적당히 가십시오. 그 친구 요즘 일
찍 출근한다고 죽을 맛이랍니다."

"하하하! 그 친구 와이프가 어제는 바람피우는 게 아니냐고

물었다더군."

맨 처음 지하실에서 연구할 때부터 같이하던 창업 공신들이라 말에 거리낌이 없었다.

특히 요즘 24시간 공장을 돌려도 수출 물량을 다 못 댈 정도로 호황이다 보니 모두의 얼굴에는 웃음이 가득했다.

"예끼! 그 친구가 바람피울 힘이라도 있었는가?"

양대명도 기분 좋게 농담으로 말을 받았다.

그때 공장장이 들어오며 괄괄한 목소리로 소리쳤다.

"아니! 누가 흉을 봐서 이렇게 귀가 간지럽나 했더니 사장님이셨군요. 사장님이 저한테 힘 운운하기엔 무리가 있다고 생각하지 않으십니까? 누가 보더라도 제가 월등하지 않습니까?"

"하하하!"

"껄껄껄! 제가 보기에도 공장장이 월등해 보입니다."

하체를 앞으로 내밀며 말하는 공장장의 모습에 모두들 웃음을 터뜨렸다.

"껄껄껄! 흰소리들일랑 집에서 와이프들이랑 하고 커피나 한잔하면서 회의나 시작하세."

"꼭 불리하시면 회의하자고 말씀하시는군요."

"졌네. 자네의 거대한 그것을 두고 무시한 점, 사과하지."

양대명이 항복을 선언하고 자리에 앉자 분위기는 언제 그랬냐는 듯 차분하게 가라앉았다.

여직원이 커피를 각 자리마다 놓자 아침 회의는 시작되었다.

"가장 먼저 중국 납품 건부터 시작하지. 텐센 사에 납품할

물량 확보는 어떻게 돼가고 있나?"

"납기일까지는 겨우 맞출 수 있을 것 같습니다. 한데 미국 퍼프킨 사(社)에서 주문한 것은 약간 빠듯할 것 같습니다."

조금 전까지 장난스럽게 말하던 공장장이 맞나 싶게 정중한 태도로 대답을 했다.

"일단은 텐젠 사의 물건부터 최대한 신경 쓰게. 그동안 그들 덕분에 살았다고 해도 과언이 아니니까."

"알겠습니다."

"한데 퍼프킨 사의 물량은 얼마나 부족하지?"

"공장을 풀가동해도 납기일까지 만 개 정도 부족할 것으로 보입니다."

"알았네. 그 건에 대해서는 내가 퍼프킨 사에 양해를 구해보 도록 하겠네."

계약 당시 시한이 촉박할 것이라 생각해 다소 늦을 수 있음을 계약서에 명시해서 다행이었다.

NS-K01이라고 명명된 물건 자체가 워낙 좋다 보니 스마트폰 업체들이 서로 물건을 달라는 상황이었는데, 지금은 6개월 동안의 생산분이 모두 예약된 상태였다. 그러다 보니 회의의 내용은 납품에 대한 얘기가 주를 이룰 수밖에 없었다.

현재 짓고 있는 제2 공장이 완성되기 전까진 계속될 일이었지만 한편으로는 그만큼 일이 많다는 얘기였기에 기쁜 일이기도 했다.

"자자! 오늘 점심은 삼계탕 집에 예약해 뒀으니 다 같이 먹으러 가자고."

두 시간 동안 이어지던 회의가 끝나자 양대명이 굳어져 있던 표정을 풀며 말했다.

한데 그때 여직원이 전화기를 들고 들어왔다.

"사장님, 텐센에서 전화가 왔습니다."

어떤 일을 하고 있든 텐센의 전화가 오면 바로 바꿔달라고 해뒀기에 가능한 일이었다.

"네, 양대명입니다."

─양 사장님, 관진민 이사요. NS─K01에 대해 할 말이 있어 전화를 했소.

혹시 NS─K01에 알려지지 않은 오류가 발생했나 싶어 양대명은 일순 긴장했다.

사실 NS─K01은 두연기술에서 개발한 것이 아니었다.

작년 11월 말경 어떤 사람이 찾아와 이미 완성된 NS─K01을 보여줬었다.

기술자이기도 한 양대명은 단번에 NS─K01의 대단함을 눈치챘고 가지고 싶다는 마음을 숨기지 않았다.

사내는 기술에 비해 별것 아닌 몇 가지 조건을 걸고 흔쾌히 기술을 넘겨줬었다.

"…무슨 일입니까?"

─다른 건 아니고 가격을 더 낮춰줬으면 해서요.

"네? 가격을 낮춰달라고요?"

이미 계약을 한 상태에서 이는 말도 안 되는 얘기였다. 만일 텐센이 아닌 퍼프킨 사에서 같은 얘기를 했다면 계약대로 하겠다며 전화를 끊었을지도 몰랐다.

하지만 텐센은 오랜 손님이었기에 양대명은 마음을 진정시키고 차분한 목소리로 물었다.

"이유를 물어도 되겠습니까?"

─응? 모르고 계셨소?

"뭘 말입니까?"

─한국의 삼송테크놀러지에서 NS-K01과 유사한 제품을 개발해서 두연기술의 절반 가격으로 지금 영업 중에 있소이다.

"네? 그, 그게 사실입니까?"

양대명은 가슴이 덜컥 내려앉는 기분을 느껴야 했다.

'또 그들인가?'

삼송테크놀러지라면 재계 2위인 삼송그룹의 계열사로 두연기술과의 악연은 이번이 처음이 아니었다.

두연기술은 삼송테크놀러지에 스마트폰 관련 스피커와 카메라를 납품했었다.

처음엔 괜찮았지만 계속되는 납품가 인하 요구에 회사는 어려워져만 갔고 결국 부도 위기에 빠지게 되었다. 그러자 삼송테크놀러지는 바로 거래를 끊었고 두연기술을 비슷하게 본뜬 제품을 만드는 하청업체를 만들어 그곳에서 납품을 받았다.

'개새끼들!'

과거를 생각하니 몸이 부들부들 떨려왔다.

게다가 절반 가격이라니 거의 원가에 가까웠다. 일단 자신들을 죽이고 시장을 장악하겠다는 의미가 아니고 무엇이겠는가.

―…양 사장님? 양 사장님! 내 말 듣고 있는 겁니까?

"아! 네, 네, 듣고 있습니다."

관진민의 부름에 정신을 차린 양대명은 일단은 사태를 수습하는 게 먼저라 생각하고 말을 이었다.

"지금은 경황이 없어서 일단 알아보고 전화드리도록 하겠습니다. 그때 가격에 대한 저희 측 입장을 말씀드리겠습니다."

―알겠소. 최대한 빨리 연락 주시오. 위에선 계약을 해지하고 삼송 측 물건을 사는 게 더 이익이라며 말들이 많소이다.

"…알겠습니다."

전화를 끊자 조금 전까지 밝았던 회의실은 침울하게 가라앉아 있었다.

"또 삼송에서 기술을 베낀 겁니까?"

지 전무가 억울하고 분하다는 표정으로 물어왔다.

"아직까지 정확한 것은 알 수 없어. 우선 그들이 기술을 베꼈는지 자체 개발 했는지부터 알아내야 해."

양대명은 냉정함을 잃지 않으려는 듯 어금니를 몇 번이고 물어봤지만 쉽지 않았다.

"아! 정 부장입니다! 정 부장이 삼송 측에 붙은 겁니다! 그 개새끼……!"

공장장이 말한 정 부장은 한 달 전 몸이 나빠졌다며 퇴사를 한 원년 멤버 중의 한 사람이었다.

몸을 추스를 때까지 유급휴가를 주겠다는 데도 동료들 보기가 미안하다며 한사코 사표를 쓰더니 다른 꿍꿍이가 있었던 것이다.

양대명이 생각하기에도 정 부장이 기술을 넘겼을 가능성이 가장 높아 보였다.

하지만 증거가 나올 때까진 그를 욕할 수 없었다. 아니, 오래된 동료인 그가 아니길 빌고 빌었다.

"정 부장을 의심하기 전에 일단 어떻게 된 일인지 알아보는 것이 우선일세. 지 전무는 직원들 동요 없게 잘 다독이고 나머지 사람들은 삼송테크놀러지에서 나온 제품의 샘플을 구해보게. 정 부장에 대한 것도 알아보고."

"알아보나마나 그 자식이 맞습니다! 그 새끼가 아니고서야 어떻게……."

"강 공장장!"

공장장이 정 부장을 계속 물고 늘어지자 결국 양대명의 목에서 큰 소리가 나왔다.

그러나 곧 다시 목소리를 낮추며 말했다.

"알아보고 나서 욕을 해도 되는 일이니 일단은 정확한 내용부터 알아보자고."

"…알겠습니다."

지 전무가 양대명을 대신해 다른 사람들에게 나가라는 손짓을 했고 하나둘 회의실을 빠져나갔다.

홀로 남은 양대명은 긴 한숨을 내쉬며 의자에 주저앉았다.

눈을 감고 고개를 젖힌 채 한참 있던 양대명은 알 수 없는 말을 중얼거리며 눈을 떴다.

"그 사람의 말처럼 되지 않길 바라고 바랐건만… 하긴 아귀 같은 놈들이 중소기업이 가진 기술을 내버려 둘 리가 없겠지."

사실 양대명은 삼송테크놀러지가 NS-K01의 기술을 카피한 것 같다는 말을 들었을 때 생각만큼 놀라지 않았다. 그저 기술을 넘겨줬던 사람이 했던 말이 그대로 일어나서 놀란 것뿐이었다.

직원들에게 힘들어 하는 모습을 보인 것도 그 사람의 지시를 따른 것이었다.

'도대체 뭐 하는 사람이기에……'

양대명은 문득 그날 일이 생생하게 떠올랐다.

다짜고짜 자신을 만나자고 한 남자는 20대 후반에서 30대 초반으로 보이는 모델처럼 생긴 사내였다.

그는 마치 외판원마냥 자신을 보자마자 NS-K01을 꺼내 스펙을 설명하고 장착했을 때의 성능을 보여주었다.

"다짜고짜 이것을 저에게 보여주는 이유가 뭡니까?"

욕심이 나는 물건이었다.

그러나 그는 욕심이 난다고 해서 남의 물건을 빼앗을 정도의 악인은 아니었다.

"두연기술에 꼭 필요한 물건이라고 생각해서 가져왔는데… 가지고 싶지 않으십니까?"

"이유를 알 수 없군요. 돈이 필요하다면 저희 같은 중소기업보다 스마트폰 제조업체에 팔아도 거금을 만질 수 있을 텐데요?"

"그들도 제가 원하는 만큼 돈을 주지는 못하거든요."

"그들이 주지 못하는 돈을 우리가 줄 수 있을 거라 생각하는 거요?"

"줄 수 있을 겁니다. 제가 예상할 때 NS—K01를 노리는 대기업이 있을 겁니다. 그 대기업이 우리나라의 재벌들에만 관대한 특허법을 이용해 기술을 카피한다면 소송을 하십시오."

"소송을 한다고 해도 질 것이 분명합니다. 설사 1심에서 이긴다고 해도 항소에 항소를 하며 몇 년씩 질질 끌면서 소송을 포기하게 만들 테고요. 놈들은 생각보다 악랄합니다."

"소송에서 진다면 저에게 한 푼도 줄 필요가 없습니다. 이겼을 때만 법원이 정하는 피해 보상 금액의 절반을 기술 개발자에게 주는 형식으로 주면 됩니다."

"만일 1억을 피해 보상금이라고 법원이 판결을 내린다면 5,000만 원만 주면 된다는 말입니까?"

"예, 1억 미만이면 안 주셔도 됩니다. 또한 혹시나 소송이 길어진다면 변호사비는 제가 드리죠."

절대 거부할 수 없는 조건이었다. 아니, 오히려 조건이 너무 좋다 보니 의심이 가는 상황이랄까.

"너무 유리한 조건이라 의심이 가는군요. 도대체 이유가 뭡니까? 그리고 만일 기술이 유출되지 않는다면 어쩌실 겁니까?"

"하하하! 나중에 못 주겠다고만 하지 마세요. 계약서를 작성할 테니까요. 그리고 기술이 유출되지 않는다면 돈 많이 벌어서 회사를 번듯하게 키우시면 됩니다. 그럴 일은 절대 없겠지만요."

"유출될 것이라 확신을 하는군요?"

"타성에 젖은 습관이란 무서운 거니까요. 아마 똥개가 똥을 끊는 것보다 힘든 일일 겁니다. 그리고 귀찮은 일이 싫으시다면 직원 관리를 잘하세요."

"다 믿을 만한 직원들입니다."

"부디 그렇게 되길 바랍니다. 자, 그럼 허락하는 걸로 알고 계약서를 작성해 볼까요?"

간단하다는 말에 비해 꽤 많은 여러 장의 계약서였지만 직관적이라 보험 약관같이 함정 같은 건 없었다.

간추리자면 딱 세 문장으로 가능했다.

첫째, 기술 유출이 의심스러우면 증거를 확보해서 소송을 건다.

둘째, 승소 시 피해 보상금의 절반을 개발자인 사내에게 지불한다.

셋째, 기술 유출이 없을 시 계약서의 내용은 5년 후 자동으로 계약은 파기되고 NS-K01은 두연기술의 재산이 된다. 단, 계약 기간 동안 오늘의 계약 내용은 누구에게도 알려서는 안 된다.

양대명이 계약서에 도장을 찍자 사내는 NS-K01에 대한 기술적인 자료는 물론이거니와 공장 설비에 대한 자료까지 넘기고 떠났다.

양대명은 기억은 여기까지였다.

지금 생각해도 참으로 미스테리 한 사내.

문득 이 모든 것이 사내의 계획대로 움직이고 있는 것이 아닐까 하는 생각마저 들었다.

그러나 곧 고개를 절레절레 흔들었다.

사내가 대통령이나 퓨텍의 회장이 아닌 이상 재계 서열 2위인 삼송과의 소송에서 절대 이길 수 없을 것이라고 판단했다.

"힘내자!"

마음은 이미 위축된 상태였지만 눈뜨고 NS-K01을 뺏길 수는 없었기에 최선을 다할 생각이었다.

4장

한 걸음 더 전진

"됐다!"

실시간 인터넷 뉴스를 보던 준영은 기다리던 기사가 떠오르자 나지막이 소리쳤다.

방송이나 일간지의 기사가 아닌 고작해야 생긴 지 얼마 되지 않은 인터넷 뉴스 매체에 난 기사지만 일단은 공식화되었다는 게 중요했다.

대기업이 중소기업의 기술을 그대로 도용해서 특허를 받았다는 기사는 꽤나 전문적이고 상세하게 다루어져 있었다.

특히 재계 2위, 3위에 해당하는 기업이 해당 기업의 임직원을 매수해 기술을 빼돌리는 것도 모자라 중소기업이 계약한 기업들을 찾아가 절반 가격에 영업을 했다는 증거를 보여주며

힐난하고 있었다.

그러나 포털 사이트에 기사가 올라온 건 극히 짧은 시간에 불과했다.

기사는 언제 올라왔는지 모르게 사라졌고 검색도 되지 않았다. 해당 인터넷 매체의 홈페이지에서만 겨우 찾아볼 수 있었는데 하루 방문자 수가 채 100명도 되지 않는 곳이었다.

준영은 콧노래를 흥얼거리며 청와대 신문고란에 자신의 의견과 함께 해당 기사를 올렸다.

물론 차명으로 올리는 것도 잊지 않았다.

"너무 즐거워 보이는데?"

자신에 대해 어떻게 생각하느냐는 물음을 던진 후 서먹서먹할 것 같던 천(天)과의 관계는 다음 날 그녀가 아무렇지도 않게 소파에 앉아 있음으로 해서 원래대로 돌아갔다.

여전히 갈등의 불씨는 남아 있었지만 지금은 서로 모른 척하는 것이 최선이라고 생각하고 있었다.

"즐겁지. 이제야 우리가 계획했던 1단계가 탄력을 받게 될 테니까 말이지."

준영과 천(天)이 계획한 1단계는 '물가 안정화'였다.

물론 물가 안정화가 된다고 생활수준이 갑작스럽게 올라가거나 얼어붙은 내수 시장이 좋아지는 것은 아니었다. 준영이 이루고자 하는 개인의 소득 증대, 경제민주화 등과 유기적으로 결합되어 있기 때문이었다.

모든 것이 동시에 좋아진다면 더할 나위 없이 좋겠지만 그

건 대한민국의 재벌들이 국민을 위해 재산의 일부를 헌납하는 것만큼 불가능한 일이었다.

각설하고 물가 안정화를 이루기 위해서는 대한민국 경제를 쥐고 있는 재벌들의 참여가 필수적이었다.

한데 그들이 순순히 응할 리 만무했다. 그래서 계획을 세우고 그들이 들을 수밖에 없는 상황을 만들고 있는 것이었다.

"이번 일로 과연 그들이 순순히 말을 들을까?"

"글쎄, 그건 나도 확신할 수 없어. 할 때까지 해봐야지. 하지만 설령 실패한다고 해도 앞으로 자신들의 세상인 양 날뛰지는 못하게 될 거야."

"그래, 그렇게 하다 보면 언젠가 우리가 바라던 세상이 오겠지. 지금 이하민에게 접속할 거야? 막 점심 먹고 업무를 시작했는데."

"글쎄, 양상희는 뭘 하고 있지?"

양상희는 현 야당인 한민족당—선거에 지면서 당 쇄신 차원에서 이름을 바꿨다—의 대선 후보였다가 총리가 된 인물이었다. 지금까지의 총리 임명자들은 사실상 허수아비에 불과했지만 양상희는 제대로 총리의 권한을 행사하고 있었다.

그래서 장관들 중 여당과 야당 의원들이 섞여 있는 기현상이 일어나고 있었다.

"한민족당 의원들과 얘기를 하고 있어."

"짜증 나는 인간들이군."

양상희에게는 거의 접속을 하지 않았지만 그가 무엇을 하는지는 잘 알고 있었다.

양상희는 불만이 많은 한민족당 의원들을 다독이는 일을 하고 있었는데 최근 이하민이 반기업적인 태도를 보이자 정치적 공세를 가해야 한다는 의원들과 매일같이 얘기를 나누는 중이었다.

성질 같아선 국회의사당에서 회의를 할 때 폭탄이라도 선물해 주고 싶었다.

하지만 준영이 이루고자 하는 경제민주화를 이루기 위해선 많은 법안을 통과시켜야 했기에 일단은 여 야 할 것 없이 적당한 선에서 회유책을 쓰고 있었다.

돈이 필요하다면 돈을 줬고, 지역구에 지원금을 늘려달라는 의원에게는 그렇게 해줬다.

대통령이라고 해도 동시에 모든 적을 상대할 수는 없기 때문이었다.

한데 하나를 주니 두셋을 원한다고 그들은 기업들의 로비 자금도 놓치기 싫은 모양이었다.

준영은 인상을 쓰며 고민을 하다 물었다.

"한민족당의 누가 주도하고 있는 거지?"

"우도현 의원."

"그자라면 친정 계열이잖아?"

친정 계열은 전 대통령이었던 정찬례 대통령 계열로, 대통령 4년 차부터 거의 세를 잃었었는데, 양상희 의원이 대선에서 실패하면서 다시 득세를 하고 있었다.

"정치권에도 본때를 보여줄 필요가 있겠군."

"정찬례 정권 청문회 때 같이 엮으면 되겠네."

"응, 한데 정치 공작이라며 장외투쟁 한다고 의원들을 선동해 나가는 거 아닌지 모르겠다."

현안 따위 미뤄놓고 언제든지 꼬장(?)을 피울 수 있는 놈들이었다.

"빼도 박도 못하게 완벽하게 엮으면 돼."

"그럴 수 있다면 좋지. 한데 그자의 비리 중에 그럴 만한 것이라도 있어? 웬만한 비리 갖고는 안 될 텐데?"

"사람들은 비리가 아닌 스캔들을 더 좋아하지."

"여자?"

준영의 물음에 천(天)은 빙긋 웃으며 설명을 덧붙였다.

"주목을 받았을 때 각종 비리가 밝혀진다면 그는 절대 빠져나가지 못할 거야."

"그렇게 해. 그리고 친정 계열 의원들도 몇 명쯤 같이 엮어주면 더 좋고."

동지라도 긴장하게 만들어야 말을 잘 듣는 법이었다.

준영은 양상희에게 접속하려던 생각을 접고 이하민에게 접속을 했다.

대통령이 실제로 자신에게 주어지는 일을 스스로 처리한다면 극한 직업이라 불릴 정도로 일이 많았다.

하지만 역대 대통령 중 누구도 그런 적이 없었다. 자연 일을 대신 처리해 주는 사람이 있었고 그 사람을 일러 누구누구 정권의 실권자라고 불렀다.

이하민 정권의 실권자는 누구일까?

준영의 명령을 처리하는 리충일 비서실장이었다.

오늘도 현 정권의 실권자인 리충일은 다크서클이 가득한 얼굴로 일을 하고 있었다.

인턴제 폐지 여론 조작 사건은 뉴스에서는 이미 한물간 기사거리에 불과했지만 리충일에게는 이제야 마무리가 되어가는 일이었다.

"…드디어 끝이다!"

마지막 서류를 훑어보고 덮으며 리충일은 감격에 겨워 중얼거렸다.

이곳이 청와대의 대통령 집무실 바로 옆만 아니었어도 만세 삼창을 불렀을지도 몰랐다.

GN그룹의 알짜배기 회사들은 주주총회를 거쳐 퓨텍과 다른 사람들에게 팔려 나갔지만 지주회사인 GN그룹과 주식의 50퍼센트 이상을 가진 계열사는 안충식 일가의 소유였다.

하지만 주주가 바뀐 회사에서 횡령, 배임 등으로 소송을 걸었고 GN그룹은 그 돈을 고스란히 토해내야 했다.

결국 10년간 부려먹었던 인턴들에게 줄 돈까지 빼고 나자 GN그룹이라는 간판만 남게 되었다.

그 뒤처리를 리충일이 오늘까지 한 것이다.

리충일은 피곤해서 뻑뻑해진 눈을 풀고자 손가락으로 몇 번이고 꾹꾹 눌렀다.

'이거 원하는 대로 되긴 했지만 과연 좋아해야 할 일인지 모르겠군.'

대통령 비서실장이 되었을 때 그는 하늘을 날듯이 기뻤었다.

권력의 핵심이며 떨어지는 콩고물만 잘 챙겨도 명예와 돈을 모두 가질 수 있는 자리였기에 주변의 모든 이들이 부러워했었다.

비서실장이 되고 이하민에게 약간 이상한 제안을 받았고 그 제안을 받아들이자 생각보다 훨씬 더 큰 권한이 그에게 주어졌다.

국정원을 뜻대로 움직일 수 있었고, 사법부와 행정부에도 그의 입김이 막강해졌다.

이번 일만 해도 그랬다.

인턴제 여론 조작 사건에 연관된 기업들이 대부분 GN그룹의 전철을 밟았는데, 자신의 대학 선배인 오진민이 있는 로펌만 살아남았다.

바로 자신이 다른 곳은 배제하고 오진민만을 만나 설득을 했기 때문이었다.

얼마 전 오진민에게 감사의 인사로 꽤 큰돈도 받았고 미래의 임원 자리도 약속을 받았다.

그뿐만이 아니었다.

일이 대충 마무리되었을 때 이하민이 수고했다며 차명으로 된 통장을 건넸는데 10억에 가까운 돈이 들어 있었다.

이렇게 권력도 생기고 돈도 생겼는데 막상 기분은 그리 좋지 않았다.

계속해서 눈을 누르던 리충일은 어렴풋이 그 이유를 알 것 같았다.

바로 인간관계가 무너지고 있는 것이었다.

이번 사건을 원만하게 해결해 달라고 연락이 온 사람들만 해도 족히 수십 명은 되었다. 받지 않은 연락까지 친다면 거짓말 좀 보태서 수백 명은 될 터였다.

그들 중 유일하게 오진민만 건진 것이다.

얽히고설킨 상류사회를 생각했을 때 그는 점점 외톨이가 되어가고 있는 중이었다.

'억측에 불과해.'

리충일은 고개를 절레절레 흔들었다.

이런 일이 계속 일어난다는 보장도 없었고, 결국 자신이 잘되면 서로의 이익을 추구하기 위한 인간관계는 다시 형성되게 마련이었다.

'오늘은 빨리 들어가 쉬었으면 좋겠군.'

방금 검토가 끝난 서류에 결재만 받으면 다른 일정이 없었기에 빨리 퇴근해 쉴 생각이었다.

―비서실장, 내 방으로 잠깐 들어오게.

때마침 이하민의 부름이 있었기에 결재 서류를 들고 집무실로 들어갔다.

이하민은 나이 든 사람답게 고글이 아닌 모니터를 보면서 인터넷 서핑을 하고 있었다.

'빌어먹을… 퇴근은 물 건너갔네.'

리충일은 이하민이 보지 못하게 고개를 숙이며 인상을 찌푸렸다.

다른 사람들에게 말하지 않았지만 그가 생각하기에 이하민은 다중 인격을 가지고 있었다.

근엄하면서 다소 가식적으로 행동하는 인격과 냉철하고 두뇌 회전이 빠르며 사악한 인격.

전자는 트로트를, 후자는 록 음악을 좋아했고 전자는 기계치였고, 후자는 자신보다 컴퓨터를 더 잘 다루었다.

그러한 사실을 알게 된 계기가 있었는데, 예전에 하트홀릭이라는 록 밴드를 좋아한다고 해서 청와대 행사에 그들을 초대한 적이 있었다.

행사 진행표를 보고 '얘네들은 누구야?' 라고 말하던 사람이 막상 공연을 하니 발을 구르며 노래를 따라 했었는데, 그때 리충일은 이하민이 다중 인격임을 의심하게 되었고 이후 확신을 가지게 되었다.

리충일은 그 두 인격을 각각 '가식 이하민' 과 '사악 이하민' 으로 불렀다.

즉 컴퓨터를 보고 있는 쪽은 '사악 이하민' 이었고 그가 나타나면 언제나 일이 쏟아졌기에 리충일이 인상을 찌푸린 것이었다.

'가식 이하민' 이 야동이라도 보려는 의도로 못하는 컴퓨터를 켰기를 바라며 서류를 내밀었다.

"여론 조작 사건의 최종 서류입니다."

"됐네. 자네가 어련히 알아서 했으려고. 자네가 사인해서 처리하게."

"…알겠습니다."

시원하게 자기에게 일을 미루는 걸 보니 100퍼센트 '사악 이하민' 이었다. 그리고 아니나 다를까 '사악 이하민' 이 모니터를 가리키며 입을 열었다.

"자네, 청와대 신문고에 올라온 글 읽어봤나?"

"죄송합니다. 아직……."

"일이 바쁘다 보면 그럴 수도 있지. 읽어보겠나?"

이하민이 모니터를 리충일 방향으로 돌려주었다.

대기업이 중소기업의 기술을 도용해 특허를 받았다는 아주 흔하디흔한 기사였다.

그러나 사악한 이하민이 그냥 읽어보라고 보여줬을 리가 없을 터. 머릿속에 이하민이 어떤 말을 할지가 자연스럽게 그려졌다.

'아, 안 돼. 그냥 모른 척 넘어가줘!'

리충일은 속으로 비명을 질렀다.

GN그룹과는 비교도 되지 않는 재계 2, 3위를 이하민이 건드릴 생각을 하고 있음을 깨달은 것이다.

물론 겁이 나서 외친 비명은 아니었다.

비록 부유층에게는 욕을 먹고 있지만 얼마 전 여론 조사에서 70퍼센트가 넘는 지지율을 얻은 대통령이 하는 일을 누가 말리겠는가?

오로지 집에도 들어가지 못하고 밤새 일하는 자신의 미래가 그려져 외친 비명이었다.

하지만 그의 생각은 상관없다는 듯 이하민의 입이 열렸다.

"제대로 된 나라라면 이럴 경우 어떻게 해야겠나? 난 말이 야. 사실 미국을 별로 좋아하지 않는다네. 세계의 경찰이다 뭐 다 하지만 결국 자국의 이익을 위해 움직이는 이들이 그들 아 닌가? 그러나 그들에게서 배울 것들은 몇 가지 있어. 그중 하 나가 바로 개인이나 중소기업의 권익을 철저하게 보장한다는 점일세."

"그들의 특허법을 말씀하시는 거군요?"

"맞아. 특허를 침해하면 어마어마한 벌금을 부과하지. 비싼 돈을 주고 특허를 사는 편이 쌀 만큼 말이야. 그래서 기업들은 정당한 돈을 주고 기술 관련 특허를 사버리는 거지. 백날 공과 대를 발전시키자고 입으로 떠들어 봐야 헛일이야. 바로 이런 일 이 일어났을 때 선례를 바로 세우면 간단하게 해결될 문제지."

일을 어떻게 진행할 것인지 이하민의 말에서 충분히 알 수 있었다.

"미국 기준으로 선례가 생기면 많은 기업들이 소송을 당할 겁니다. 그러면 망하는 기업도 생기고……."

"남의 것을 훔쳐 지금까지 호의호식했으면 대가를 치러야 하는 건 당연한 일일세."

"…지당한 말씀입니다. 내! 일! 당장 특허청장과 검찰청장을 만나보겠습니다."

리충일의 마지막 발악이었다.

하지만 사악 이하민은 달리 사악한 게 아니었다.

"지금 당장 내가 저녁이나 같이 하잔다고 전하게."

"…알겠습니다."

리충일은 울상이 되어 집무실을 빠져나와 특허청장과 검찰청장에게 전화를 걸었다.

*   *   *

본격적인 여름이라는 7월이 되기도 전에 무더위가 기승을 부리고 있었다.

시원한 나무 그늘 아래 누워 고글을 쓰고 업무를 보고 있던 준영은 사람들의 웅성거림에 자리에서 일어났다.

"도착했나?"

오늘은 인터넷으로 모집했던 50명의 희귀병 어린이들이 도착하는 날이었다.

정원을 벗어나 주차장 쪽으로 가자 승용차, 택시, 앰뷸런스 등 여러 종류의 차들이 속속 도착하고 있었다. 그리고 이미 대기하고 있던 도우미와 간호사들, 그리고 천(天)이 만든 의사들이 부모들에게 아이들을 인계받아 의학 연구소로 들어갔다.

아직 입원이 결정되지 않아 망설이는 부모들도 있었지만 도우미들이 잘 설명하자 곧 아이들을 맡기고 설명회가 예정되어 있는 곳으로 향했다.

"먼저 와 있었네?"

손님을 맞이한다고 평소와 달리 얌전한 옷을 입은 천(天)이 다가오며 말했다.

"응, 거의 온 것 같으니까 우리도 슬슬 가볼까."

병원이 아닌 연구소라 부모들이 함께 머물 수 없게 했지만 그렇다고 그들의 약점을 이용해 무작정 강요만 할 수는 없는 일이었다.

그래서 준비한 설명회였다.

설명회가 준비된 의학 연구소 로비로 들어가자 80여 명의 사람이 의자에 앉아 다소 걱정스런 얼굴로 얘기를 나누고 있었다.

"다 온 건가?"

"아직 두 쌍이 도착하지 않았어. 아! 지금 정문에 도착했네."

잠시 기다리자 두 쌍의 부부가 들어왔다. 준영은 그들이 자리에 앉기를 기다린 후 단상으로 올라갔다.

"다들 먼 길 오시느라 고생하셨습니다. 성심의학연구소를 설립한 안준영입니다."

짝짝짝짝!

힘없는 박수 소리였지만 쳐 준 것만으로도 감사하며 말을 이었다.

"연구소에 자녀분들을 맡기게 된 것이 마냥 기쁜 일이 아니실 테니 긴 얘기는 생략하겠습니다. 그저 여러분의 자녀분들이 어떤 환경에서 지낼지, 어떻게 치료가 진행될지를 직접 확인하고 맡길지 말지를 결정해 주시면 되겠습니다."

준영도 부모와 자식의 이별을 볼 자신이 없었다. 그래서 되도록 빨리 끝낼 생각이었다.

"저기요… 정말 아이와 같이 지내면 안 되는 건가요? 우리 아이는 이제 겨우 다섯 살인데……."

애절한 표정으로 말하는 엄마의 목소리에는 간절함이 담겨 있었다.

"안 됩니다."

준영은 단칼에 그 간절함을 잘랐다.

한 사람을 허락하면 모두가 아이와 함께 머물려고 할 것이 분명했다.

준영은 마음속으로는 가슴이 아팠지만 겉으로는 삭막하고 사무적인 목소리로 말을 이었다.

"이곳에 아이를 맡긴다고 100퍼센트 치료가 될 거라고 생각하지 마세요. 치료제가 개발되든 안 되든 아이들이 이곳에 머무를 수 있는 시간은 최대 2년입니다. 그 후로는 설립 예정인 병원으로 보내질 텐데 그때부터 여러분들이 아이들을 다시 돌봐야 할 겁니다."

"그 말은 아이들을 2년간 실험 도구로 사용하다가 못 고칠 것 같으면 내쫓는다는 말이잖습니까!"

한 아이 아빠가 냉정한 준영의 말에 목소리를 높였다.

"결론만 놓고 본다면 맞는 말입니다. 하지만 저희는 자선단체도, 국가도 아닙니다. 기업이죠. 전 지금 투자를 하고 있습니다. 잠시 후 여러분이 연구소를 둘러보면 아시겠지만 어느 병원보다 훌륭한 시설을 가지고 있습니다. 여러분이 생각하는 것보다 훨씬 많은 돈이 투자되었습니다. 또한 2년 후 아이를 내보내는 이유는 연구를 중단하겠다는 것이 아니라 같은 증상의 다른 아이에게 기회를 주기 위해섭니다."

"……."

목소리를 높였던 사내는 다른 아이에게 기회를 준다는 말에 아무 말도 할 수가 없었다.

"아이들은 2년간 다른 평범한 아이들처럼 건강해질 수 있는 기회를 얻었습니다. 그리고 여러분도 2년간의 기회를 얻었습니다."

"저희가 기회를 얻은 거라고요?"

준영의 말에 부모들은 의아함을 나타냈다.

"네, 미래를 준비하기 위한 2년이라는 시간을 얻은 겁니다. 어쩌면 수십 년 뒤, 그리고 아이가 병마에 숨이 끊어지는 순간까지 치료제가 개발되지 않을 수도 있습니다. 국가가, 누군가가 돕지 않는 이상 온전히 여러분들이 아이를 책임져야 합니다. 2년간 아이를 맡기시고 미래를 준비하십시오."

여전히 사무적인 목소리였지만 준영의 말은 설명회에 참석한 부모들의 마음을 흔들었다.

아이에게 병이 있다는 걸 알게 된 이후로 하루라도 편한 적이 있었던가. 하루에도 몇 번씩 누군가의 도움이 필요하다고 느끼지 않았던가.

그들은 준영의 말에 가슴속에만 담고 있던 어두운 생각을 다시금 느껴야 했다.

그리고 그런 기분을 느꼈다는 것에 대해 자괴감이 생긴 부모들은 아무 말도 하지 못했다.

'못 해먹겠군.'

숙연해지는 분위기에 애써 짓고 있던 무표정한 표정이 깨졌다. 의도한 바는 아니었지만 그들의 아킬레스건을 건드린 것은 분명해 보였다.

"내가 할까?"

천(天)이 보기 안쓰러웠는지 조용히 물었다.

"아니, 내가 할게."

잠깐 마음을 진정시킨 준영은 부모들에게 고개를 숙이며 말했다.

"혹 실례되는 말을 했다면 죄송합니다. 아이들과 떨어져 있게 하는 건 다른 의도는 없습니다. 모집할 때 적어둔 그대로 치료에 전념하기 위해섭니다. 그리고… 아이들이 건강해지도록 최선을 다하겠습니다."

"지금 한 약속, 지키실 건가요?"

누군가가 물었다.

"…네, 약속합니다."

이 말을 하기 싫었다.

아이의 부모들은 방금 한 약속에 큰 의미를 두지 않을 것이다. 그저 자기 위안을 위한 정도?

그러나 준영에게는 달랐다.

더 이상 뭔가를 책임지기에는 너무 많은 것을 하고 있기도 했지만 이유 없이 누군가와의 약속 따위, 절대 하고 싶지 않았다.

예전이라면 목적을 위해 언제든지 어길 수 있는 약속이라는 단어가 지금은 너무 큰 무게로 다가왔기 때문이었다.

어쨌든 특별한 선택권이 없는 부모들은 준영의 약속에 더 이상 질문이 없었고 준영은 연구소에서 아이들이 어떻게 지내게 될지를 소개하기 위해 움직였다.

"연구소의 아이들이 지내는 곳은 24시간 카메라에 녹화가 됩니다. 즉 여러분은 스마트폰으로 언제 어디서나 자신의 아이가 어떻게 지내는지 확인할 수 있습니다. 지금은 어디서 무얼 하는지 볼까요? 여러분이 접수할 때 남겨둔 스마트폰을 지금 확인해 보세요."

사람들은 일제히 스마트폰을 확인했다.

"어? 메시지가 왔어요. 성심의학연구소 앱을 설치하겠냐고 묻는데요?"

준영의 뒤를 따르던 아주머니 한 분이 말했다.

"당연히 설치해야 하니 확인을 누르세요."

"나왔어요! 실내 놀이터에서 놀고 있는 모양이네요."

"저희 애는 놀이터가 아닌데요? 뭔가 검사를 받고 있는데… 뭘 하는 겁니까?"

준영은 한 남자가 내미는 스마트폰의 화면을 봤다.

"선생님 아이는 화상 환자인가 보군요. 특별한 것은 아니고 피부조직을 떼어내고 있습니다."

"전 아직 아이를 맡기겠다고 하지 않았는데 벌써 검사를 하면 어쩌자는 겁니까?"

"글쎄요. 이유가 있을 것 같은데 의사분에게 직접 들어보도록 하죠."

준영은 사람들을 데리고 4층에 있는 검사실로 갔다.

"진호는 현재 성장기입니다. 뼈와 안에 있는 근육은 성장해 가는데 괴사된 피부가 자라지 못해 몸의 균형이 깨지고 있습니다. 무엇보다도 아이의 고통이 상당했을 텐데 지금까지 무얼 하신 겁니까? 이 아이는 당장 수술이 필요한 상태입니다."

"…죄송합니다. 그런 얘기를 들었지만 수술비를 마련하지 못해서."

당장에라도 화를 낼 것같이 검사실로 따라왔던 진호 아빠는 의사의 말에 그저 죄인이 된 듯 고개만 숙일 뿐이었다.

"아이들의 상태에 따라 이런 경우가 비일비재할 겁니다. 그럴 땐 여러분 스마트폰으로 아이의 상태와 어떻게 조처를 할 것인지에 대한 설명과 함께 동의서가 발송될 겁니다. 반드시 이곳에 와야 할 일이라면 오셔야겠지만 간단한 증상의 경우는 스마트폰으로 동의를 하실 수 있습니다. 물론 급한 경우엔 선조치 후보고가 될 겁니다. 무엇보다도 아이들이 중요하니까요."

진호 아빠는 수술 동의서를 작성해야 해서 남겨두고 다시 연구소 소개가 이어졌다.

값비싼 기계들로 가득 찬 수술실이나 검사실, 연구실은 딱히 부모들에게 감흥을 일으키지 못했다.

부모들이 가장 관심을 보인 곳은 역시나 6층부터 9층까지 위치한 아이들의 방이었다.

"아이마다 독방인가요?"

"이 침대는 뭐죠? 마치 캡슐처럼 생겼군요."

"그럼 밤새도록 이 침대, 아니, 이 캡슐이 아이의 상태를 체크한다는 말이군요?"

연신 쏟아지는 질문에 준영은 대답을 하기 바빴다.

연구소에서 가장 많은 돈을 쏟아부은 곳은 역시나 연구실이지만 그다음이 바로 아이들의 방이었다.

캡슐은 준영의 사돈이 될 현정목 사장의 UJ메디컬에서 슈트를 캡슐로 변형시켜 주문한 것으로, 슈트처럼 자유롭게 움직이지는 못해도 밤새 아이들의 몸 상태를 체크하고 필요한 부분에 자극을 주는 장치였다.

정밀 검사가 필요한 때를 제외하곤 군이 따로 검사를 할 필요가 없었고 몇 종류의 치료 기능까지 있었다.

아이들이 지낼 곳을 본 뒤 부모들의 반응은 굉장히 긍정적으로 바뀌었다.

준영은 아이가 아프다는 공통점으로 금세 친해진 부모들이 서로 대화하고, 둘러볼 시간을 주고 천(天)과 한쪽에 서 있었다.

그때 아들의 수술 동의서를 작성한 진호 아빠가 올라왔다.

그는 준영을 보자마자 고개를 90도로 숙이며 울먹이는 말투로
말했다.

"감사합니다. 정말 감사합니다!"

"…갑자기 왜 이러십니까?"

준영은 영문을 몰라 진호 아빠를 일으켜 세우면서 천(天)을 봤
다. 그러자 귓속에 넣어둔 이어폰으로 천(天)의 음성이 들렸다.

―화상이 희귀병도 아닌데 굳이 두 사람이나 받은 이유가
뭐라고 생각해?

답이 아닌 질문.

그러나 손가락으로 자신의 얼굴을 콕콕 찌르는 모습을 보자
단번에 이해가 됐다.

인간의 피부 세포를 복제해 피부를 만들 수 있는 천(天)이니
화상 환자의 피부 세포를 복제해 이식시키는 것 또한 가능할 터.

문제는 화상 부위를 도려내고 이식한 복제 피부가 과연 아
이가 커가면서 같이 자라느냐가 관건이었다.

준영의 의문을 알았을까. 천(天)의 설명이 더해졌다.

―인간의 재생력은 생각보다 훨씬 강해. 특히 아이의 경우
에는 더욱 강하지. 외국의 연구 사례와 시뮬레이션 결과를 볼
때 완치까지도 가능해.

로봇 의사들이 곧 천(天)이었으니 그녀가 자신에게 해준 설
명을 진호 아빠에게도 비슷하게 해줬다면 그의 행동이 이해가
됐다.

"애 엄마가 밤마다 진호에게 약을 발라주며 얼마나 울었는

지 모를 겁니다. 자신의 탓이라며, 자신이 대신 다쳤어야 한다며… 감사합니다. 진호의 상처가 없어질 수만 있다면 평생 은인으로 알고 살겠습니다."

"…네네."

결국 울음을 터뜨리며 말하는 진호 아빠를 보자 준영은 어떻게 말을 해야 할지 몰랐다.

묘한 기분이 들었다. 그리고 그 기분이 낯설지 않았다.

언젠가 한번 겪었었던 적이 있는 듯한 기분.

어떻게 된 영문인지 알 길이 없던 다른 부모들이 주변을 둘러싸자 준영은 결국 묘한 기분을 참지 못하고 천(天)에게 뒷일을 부탁하고 연구소를 빠져나왔다.

'이 느낌, 이 기분은 도대체 뭐지?

정확하지는 않았지만 어떤 일을 해서 부모님께 칭찬 받았을 때의 기분이라고나 할까.

준영은 그랬던 적이 있는지를 생각해 보았다.

기억 속에는 없었다. 하나 분명 그런 경험이 있었음을 머리가 아닌 심장이 가르쳐 주었다.

준영은 회사 주변을 한참을 서성이며 생각하려 했지만 결국 기억해 내지 못했다.

5장

휴가 계획

"…(주) 삼송테크놀러지는 특허권 침해에 대한 두 건의 위반 사실이 인정된다. 고로 (주) 두연기술에 총 4조 원의 배상금을 지불할 것을 명한다."

탕탕탕!

삼송테크놀러지 관계자들도, 그들을 변호하던 변호인단도 예상하지 못한 판결이 떨어졌다.

기껏해야 몇 억 정도 예상했던 삼송 측도, 두연기술의 양대 명 사장과 변호를 맡은 곽용호 변호사도, 심지어 방청하고 있던 사람들도 그저 입만 벌린 채 말을 하지 못했다.

조용하던 법정을 깬 사람은 곽용호였다.

"아자!"

승리 수당은 둘째치고 특허권 소송 중 헌정 사상 최고액을 받아냈기 때문이었다.

물론 아직 항소와 상고가 남아 있었지만 내일이면 모든 매체에서 이 소식을 다룰 게 분명했다. 드디어 바라고 바라던 이름난 변호사가 되는 순간이었다.

들뜬 표정의 곽용호가 양대명 사장을 향해 손을 내밀며 말했다.

"일단 축하드립니다."

"수, 수고하셨습니다."

"저쪽에서 일단 항소를 하겠지만 지금처럼 중소기업에 우호적인 정권이라면 고등법원에서도 해볼 만할 겁니다."

악수를 하면서도 현실인지 꿈인지 얼떨떨해하는 양대명과 항소 후의 일을 설명하고 있는 곽용호.

준영은 그 두 사람을 방청석에 앉아 있는 로봇의 눈으로 바라보고 있었다.

천(天)에게 로봇의 권한을 넘기고 고글을 벗은 준영은 법원의 두 사람처럼 기쁜 표정을 짓고 있었다.

작년에 던져 뒀던 떡밥을 재계 서열 2위인 삼송과 3위 현소 그룹, 그리고 몇몇 기업들이 제대로 물었다. 그리고 기술을 빼앗긴 중소기업들은 일제히 소송을 했다.

첫 번째 소송의 결과가 배상금 4조.

준영은 자신이 만질 돈도 돈이지만 향후 일어날 일에 더 흥미가 갔다.

그동안 대기업들이 금력과 권력을 이용해 얼마나 오랫동안 남의 기술을 빼앗아 호의호식했는지 이번에 알게 될 것이다.

"삼송그룹과 현소그룹 회장이 이하민을 만나고 싶다고 연락이 왔어."

"빠르네. 재판 결과가 나온 지 얼마나 됐다고."

"그들도 이제 눈치를 챈 거지. 이하민이 자신들을 겨냥하고 있음을. 어떻게 할래? 며칠 속 좀 끓이게 약속을 미룰까?"

"아니, 어차피 배상금을 감면해 줄 것도 아닌데 그럴 필요 없어. 그리고 그들에게 시킬 일이 있거든."

대어 중의 대어가 낚였는데 이용할 것은 모두 이용할 생각이었다.

"그럼 오늘 10시로 약속 잡을게."

밤이 되어 약속 장소로 향하는 이하민에게 접속했다.

김포의 공장 지하에 있는 진짜 이하민은 두 재벌에게 정치 자금이라는 명목의 뒷돈을 받으러 가는 줄 알고 있었다.

물론 가상현실에서 받을 것이다. 그리고 현실에서는 준영이 그 돈을 줄 것이다.

잠깐 진짜 이하민에 대해 생각을 하는 동안 차는 주택가에서 조금 떨어진 곳에 있는 건물의 지하로 들어갔다.

평범해 보이는 겉과 달리 안은 꽤나 고급스럽게 꾸며져 있었다.

미리 도착해 건물의 안전을 살피던 경호 팀이 두 재벌이 있는 곳으로 안내했다.

"어서 오십시오, 대통령님."

"이렇게 와주셔서 감사드립니다, 대통령님."

삼송의 회장 정민태가 호리호리한 체형에 학자풍 스타일이라면 현소의 회장 이장진은 큰 덩치에 우락부락한 스타일이었다.

거의 1900년대에 인기 있었던 홀쭉이와 뚱뚱이라는 코미디언이 생각나게 하는 조합이었다.

"경제계의 두 기둥인 두 분이 절 보자는데 나와야지요. 자, 앉읍시다."

이하민이 테이블의 정중앙에 앉자 좌로는 홀쭉이가, 우로는 뚱뚱이가 앉았다.

"무슨 얘기를 하려고 불렀는지 모르지만 일단 술이나 마시면서 듣도록 하죠."

나이로는 세 사람 모두 비슷한 연배였고, 만난 장소는 삼송그룹의 건물이었지만 자리의 주인은 이하민이었다.

술이 몇 차례 돌아도 입을 여는 사람이 없었기에 준영이 먼저 말을 꺼냈다.

"두 분이 절 부른 이유는 아무래도 오늘 법정에서 있었던 일 때문이겠죠?"

운을 떼자 그제야 두 사람은 누가 먼저랄 것 없이 입을 열었다.

"그렇습니다. 직원들이 무리하게 일을 추진하다 보니 그런 일이 생긴 모양입니다."

"그룹과 나라의 미래를 위해 기술 개발에 사활을 걸라고 말을 했더니 그들도 부담스러웠나 봅니다."

'망할 놈들.'

모두 부하 직원들의 탓만으로 돌리고 자신들이 잘못했다는 소리는 절대 하지 않는 두 재벌의 모습에 준영은 속으로 짜증이 났다.

대표이사가 수백억의 연봉을 받는 이유는 능력도 능력이지만 그만큼 큰 권한과 책임을 가지고 있기 때문이다.

설령 두 사람의 말처럼 부하 직원이 스스로—그럴 리는 없겠지만— 다른 회사의 기술을 훔쳤다 해도 대외적으로는 대표가 책임을 져야 마땅했다.

한데 두 사람은 권한과 권리는 챙겨도 책임을 질 생각이 없는 듯했다.

"일개 직원이 독단적으로 일을 저질렀다는 얘기처럼 들리는데 맞습니까?"

"예, 그래서 지금 철저히 조사 중입니다."

"저희도 몇몇 관련자를 형사 고발 할 생각입니다."

"…그렇군요. 회사에 큰 손실을 끼쳤다면 그에 대해 책임을 져야 마땅하지요."

이하민과 말이 통한다 싶었는지 정민태는 이장진과 서로 눈빛을 주고받다가 본론을 꺼냈다.

"이해해 주셔서 감사합니다. 그래서 드리는 말씀인데 특허법 침해에 대한 오늘 판결은 부담스러운 면이 없잖아 있다고 생각합니다."

"부담스럽다? 어떤 면에서 말이죠?"

"판결 받은 배상금이 4조 원. 삼송테크놀러지의 1년 매출에 이르는 금액입니다. 당장 올해 투자해야 할 곳도 있고……."

정민태가 말을 늘이자 이장진이 뒤를 이어 말했다.

"저희도 사정은 비슷합니다. 삼송이 그랬으니 저희도 만만 치 않게 배상을 해야 하는데 그렇게 된다면 올해 계획되어 있 던 투자는 불가능해집니다. 저희를 위해, 아니, 경제를 위해 대 통령님이 조금만 선처를 베푸셨으면 하는 것이 저희의 바람입 니다."

다 못 주겠다는 말을 참 어렵게도 했다. 그래서 준영도 두 사람처럼 말을 돌려서 얘기했다.

"행정부와 사법부는 엄연히 분리되어 있어요. 제가 아무리 대통령이라도 그들에게 판결에 대해 이래라저래라 할 수 없는 법이지요. 한데 어느 정도라면 두 분이 납득할 수 있을지 궁금 하군요."

다시 정민태가 말을 받았다.

"아무래도 1심·재판부에서 4조 원을 때렸는데 고등법원에 서 너무 적어진다면 말들이 많을 테니 2심에서 일단 2조 정도 로 했다가 대법원에서 5,000억 정도로 해주신다면 더 바랄 게 없을 것 같습니다."

"음……."

이하민은 일부러 생각하는 척 말을 아꼈다. 그러자 그들은 한 번도 실패한 적이 없었던 패를 보였다.

"그래만 주신다면 저희도 최대한 성의를 보여 드리겠습니다."

"성의라 함은 돈을 말하는 겁니까?"

"아랫사람을 거느리다 보면 많은 자금이 필요하지 않습니까. 애쓰시는 대통령님을 위해 저희가 작게나마 도움을 드리고자……."

"돈은 필요 없습니다."

갑자기 딱 잘라 말하자 두 사람은 이게 진심인지 예의상 한번 거절하는지를 파악하려는 듯 눈을 굴렸다.

현소그룹의 이장진이 혹시나 하며 물어왔다.

"대외적으로 보일거리가 필요하다면 제 사재를 털어서 자선단체에 기부를 할 수도 있습니다만……."

"자회사를 만들어 일감 몰아주기로 키운 회사의 주식을 자신이 이사장인 재단에 넘기면서 '기부'라고 말하는 눈속임 따윈 필요 없소이다."

"……."

"……."

두 사람은 비로소 이하민이 정치자금을 받기 위해 나온 것이 아님을 알게 되었다. 어떻게 말해야 할지 고민하는 둘에게 이하민의 말이 이어졌다.

"혹시 항소나 상고로 시간 끌 생각 마세요. 시간을 끄는 만큼 배상액이 커지면 커졌지 절대 줄어드는 일은 없을 겁니다."

"아까도 말씀드렸듯이……."

"회사가 어렵다고요? 정말 그런지 조사해 보면 나오겠지요. 조만간 국세청 직원을 보낼 테니 그때 어려운지 아닌지 보기로 합시다."

"대, 대통령님!"

화들짝 놀라며 자신을 부르는 정민태를 무시하고 이번엔 이장진을 보며 말했다.

"현소그룹도 마찬가지입니다. 투자할 돈이 없다고요? 매년 흑자였는데 작년엔 조금 어려웠나 봅니다? 그럼 흑자였을 땐 얼마나 투자를 하셨는지 궁금하군요. 하긴 그것도 조만간 알게 될 테니 굳이 말하지 않아도 됩니다."

성질 같아선 두 기업 모두 GN그룹처럼 분해해 버리고 싶었지만 이 두 그룹은 GN그룹과 질적으로 달랐다. 아마 둘 중 한 그룹만 분해되어도 한국 경제가 휘청할 게 불 보듯 뻔했다.

또한 분해하는 것도 힘들었다. 워낙 세계적인 우량 기업이다 보니 한국 자본보다 외국 자본이 더 많았기 때문이었다.

이런저런 이유로 결국 준영은 둘을 회유해야 했는데 회유에 앞서 협박을 하고 있는 중이었다.

준영의 말에 두 사람의 표정은 편치 않았다.

아무리 대통령이라고 해도 민주 사회에서 대놓고 국세청 감사를 실시하겠다고 했으니 두 사람의 기분이 좋을 수가 없었다. 그러나 두 그룹 모두 털면 엄청난 먼지가 나는 곳이었기에 자신 있게 '올 테면 와라' 할 처지도 아니었다.

이때까지 연합 전선을 펴던 두 사람은 평소 성격에 따라 두 갈래 길로 갈렸다.

'소나기는 피해야 한다고 할아버지께서 늘 말씀하셨지. 지금은 어쩌면 태풍이 온 건지도 모른다. 이럴 때는 처마 밑에서 태풍이 지나가길 기다리는 게 답이다.'

'정치인 놈들은 바뀔 때마다 이 모양이야. 트집을 잡아 이번에도 뭔가 해주길 바라겠지. 흥! 까짓 거 더러워서 해준다 해줘.'

정민태는 전자의 생각을, 이장진은 후자의 생각을 했다. 그리고 이 생각의 차이가 나중에 어떤 결과로 나타날지는 두고 볼 일이었다.

"우리, 쉽게 갑시다. 특허권에 관해서는 나도 손을 써줄 생각이 없소이다. 다른 사람의 물건을 도둑질했으면 벌을 받는 게 당연한 일이니까요. 대신 여러분이 오늘 이 순간까지 했던 비자금과 횡령에 대해선 눈을 감아주겠소."

협박을 했으니 이번엔 회유 차례.

준영은 파격적인 조건을 내걸었다.

세무조사만 했다 하면 걸리는 것이 바로 횡령과 비자금 조성이었고 그 문제에서 자유로울 기업의 대표이사는 극소수에 불과할 것이다.

싸늘하던 방 안 분위기가 다시 풀어졌다.

"오늘까지 적용되는 일입니까?"

정민태의 물음에 준영은 기가 막혔다. 노골적으로 횡령할 것이 더 있다고 말하는 것과 진배없었다. 하지만 일단은 끌어

안아야 할 사람들이었다.

"8월 14일까지 한 일로 합시다."

넉넉히 한 달이 조금 넘는 시간을 줬다.

아마 최선을 다해 횡령에 힘쓸 것이 분명했다.

두 사람은 일단 조건을 들어보고 결정하기로 했다.

"저희가 도와야 할 일이 무엇입니까?"

"스마트론—스마트폰으로 대출 가능한 상품—금리를 10퍼센트로, 그리고 회사에 쌓여 있는 잉여 자금의 일부를 대출 자금으로 써줬으면 좋겠소이다."

생각보다 이하민의 조건은 어려운 것이 아니었다.

그룹 전체를 놓고 본다면 그리 큰 이익을 보는 곳이 아니었기에 두 사람은 더 이상 망설일 이유가 없었다.

"대통령님께서 애쓰고 계신 일이군요. 최선을 다해 돕겠습니다."

"저도 돕겠습니다. 더 도울 일은 없는지요?"

"금리 인하 광고나 좀 때려주세요."

"그렇게 하도록 하겠습니다."

두 사람의 횡령을 눈감아주는 대가로 금리 인하를 유도하기 위한 자금줄 두 곳을 새로 얻었다.

그리고 며칠 뒤 두 그룹이 금리 인하에 합세하면서 분위기는 반전되기 시작했다.

일본계 저축은행 한 곳과 시중은행 중 한 곳이 시작한 10퍼센트의 저금리 신용 대출은 대출금이 소진되면서 위기를 맞았었다.

그때 새로운 저축은행이 주요 도시에 지점을 내며 다시 저금리 신용 대출을 개시했고 정부는 힘을 실어주기라도 하듯 정부 자금을 풀었다.

그리고 삼송과 현소까지 합세하자 마침내 눈치를 보던 시중은행들이 움직이기 시작했다.

무엇보다도 가장 영향을 미친 것은 이하민의 행보 때문이었다. 말을 듣지 않으면 언젠가 자신들이 희생양이 될 수 있다는 생각이 들기 시작한 것이다.

저금리 신용 대출을 이뤘지만 준영의 생활은 딱히 변화가 없었다.

아침 일찍부터 시작해 밤 10시가 넘어 하루 일과를 마친 준영은 옥상에 누워 멍하니 밤하늘의 별을 구경하고 있었다.

쓸데없는 짓 같은데 의외로 일로 지친 머리를 푸는 데 도움이 되었다.

하늘의 별 보기는 능령의 전화가 와서야 끝이 났다.

통화 버튼을 누르자 능령의 얼굴이 밤하늘에 나타났다.

"오늘 하루도 잘 지냈어?"

─응, 자기도?

아침저녁으로 통화를 하기에 언제나 첫 물음은 비슷했다. 아침엔 하루를 잘 보내라고, 저녁엔 하루를 어떻게 보냈는지에 대해 얘기했다.

─오늘도 별 보고 있었어?

누워 있는 자세를 보고 짐작했으리라.

"응, 님 생각하면서."

─품! 어째 갈수록 느끼해지는 거 같다?

"갈수록 더 보고 싶으니까."

─…나도. 요즘은 과연 아빠를 설득시킬 수 있을까 하는 의문
이 들어. 당장에라도 너에게 달려가고 싶다는 생각을 하루에도
몇 번씩 해.

장거리 연애를 하는 여느 연인들이 그러하듯 서로의 하루
일과를 말하고 나면 서로 얼마나 그리워했는지에 대해 얘기를
나눴다.

그리고 화면을 보며 입맞춤을 하고 통화를 끝냈다.

한데 오늘은 다른 소식이 있었다.

─나, 태국 회사로 발령 받을 것 같아.

"태국? 뜬금없이 왜 갑자기?"

─요즘 중국 분위기가 심상치 않아 안전한 곳으로 보내기 위
해서라고는 하시던데… 무슨 의도인지는 알 수가 없어.

"음, 그렇단 말이지……."

준영이 크게 한몫했지만 요즘 중국에서는 여행 위험 국가로
전락할 정도로 잦은 테러가 발생하고 있었다.

진명천이 정말 테러의 위험 때문에 능령을 태국으로 보내는

것일 수도 있었다. 그러나 철무한이 중국에만 있으리라는 보장은 없었다.

"철무한이 나타난 게 한 달 전이었나?"

—응, 근데 내가 말했지? 이제 그 사람한테 신경 꺼.

능령은 준영과 철무한 사이에 죽고 죽이려 했던 일을 알지 못했다.

자신을 걱정해서 하는 말이라는 걸 알기에 준영도 굳이 토를 달지 않았다.

"알았어. 한데 태국은 언제쯤 갈 것 같아?"

—8월 초에.

"그럼 시간 한번 내볼까?"

—행여나 그런 생각 마. 차라리 조만간 내가 한국에 갈 테니까.

"조만간 언제?"

현재 능령은 진명천의 집에 머물고 있었다. 그래서 지금까지 만나고 싶어도 참을 수밖에 없었다.

한데 태국으로 발령이 난다고 하자 만날 수 있다는 가능성이 보였고 갑자기 미친 듯이 보고 싶었다.

—…봐서.

능령의 말에는 확신이 없었다.

"무리해서 가려는 게 아니야. 나한테 좋은 생각이 있으니까 너무 걱정 안 해도 돼."

그저 만나고 싶다는 생각만 했지 딱히 아직까진 생각이 없었다. 그러나 지금부터 생각하면 될 일.

―절대 무리해선 안 돼.

걱정이 되면서도 만나러 오겠다는 것이 싫지는 않은지 능령은 복잡한 얼굴을 하고 있었다.

능령과 전화를 끊고 준영은 오작교를 지나 천(天)을 만나러 갔다.

이미 알고는 있겠지만 자신을 누구보다도 걱정하는 그녀에게 직접 말하는 게 좋을 것 같아서였다.

"좋은 방법에 대해 설명해 봐."

들어가자마자 방법에 대해 묻는 천(天).

"하하… 이제부터 생각해야지."

"휴우~ 사랑을 하면 아무 생각이 없어진다는 흔해 빠진 캐릭터가 되었군."

"흔해 빠진 캐릭터를 위해 아이디어를 베푸는 아량을 보여주는 건 어때?"

"됐거든. 난 네가 아에 가지 않았으면 하는 사람이야."

"매몰차군."

"진정 매몰찬 걸 보여줄까? 지금 당장 통신부터 끊어주지."

"아, 아니, 이렇게 예쁘고 귀여운 아가씨를 누가 매몰차다고 했어! 혹시 매력적이라는 말을 잘못 알아들은 거 아냐?"

"쳇! 됐거든!"

준영이 아양을 떨며 팔을 붙잡자 목소리만 냉정할 뿐 뿌리

치지는 못했다.

"어차피 이하민도 곧 휴가잖아. 그때 한 며칠 다녀올게. 아! 그러고 보니 세운상가에 일하던 문덕길 아저씨도 태국에 있구나. 간 김에 가봐야겠다. 누나, 혹시 문덕길 아저씨가 어디 있는지 알아?"

"태국 파타야 인근의 코란(Kohlam) 섬에서 숙박업을 하고 있어."

헤드셋에 들어가는 칩 제조 기계를 팔았던 사람이라 감시를 하고 있었는지 정확히 알고 있었다.

"원하던 대로 잘 살고 있는 모양이네."

일단 머릿속에 여행에 대해 그려지자 떠나지 않고는 못 버틸 것 같았다.

스마트폰을 이용해 코란 섬에 대해 검색을 했다.

코란 섬은 해변과 바다, 다양한 해산물과 과일, 거기에 해양 놀이 시설 등을 모두 즐길 수 있는 유명 관광지였다.

머릿속은 이미 사진 속의 코란 섬으로 향했다. 그리고 상상으로 즐겨본다.

한참 상상의 나래를 펼치다 보니 문득 능령과 함께 휴가를 보낼 좋은 방법이 생각났다.

'어쩌면……'

그리고 그 방법을 사용하면 능령을 한국으로 데리고 올 수도 있을 것 같았다. 물론 그녀가 원해야 가능한 일이지만 말이다.

"도움이 필요해."

"일단 계획을 들어보고. 안전에 이상이 있을 것 같으면 절대 못 가."

"후후후! 허가량이 다시 와도 절대 알지 못할 거야."

준영은 자신이 방금 전에 떠올렸던 생각을 천(天)에게 설명했다.

"잘 하면 이번 기회에 능령을 데리고 올 수도……."

한참 신나게 얘기를 하다 보니 생각이 머리를 거치지 않고 바로 입으로 나왔다.

아차 싶어 뒷말을 삼켰지만 이미 뱉어버린 말을 주워 담을 수는 없었다.

한데 천(天)은 의외로 담담하게 말했다.

"그때 한 말 너무 신경 쓰지 마. 난 네가 행복하게 살길 바라. 능령과 함께해서 행복하다면 그걸로 족해."

무슨 말을 할까 입을 삐죽이던 준영은 부드럽게 미소 지으며 말했다.

"…고마워."

"천만에. 그리고 네가 말한 계획, 꽤 마음에 들어. 내 나름대로 보안에 신경을 더 쓸 테니 이번 기회에 일 생각하지 말고 원없이 놀다가 와."

천(天)은 시원하게 허락했다. 그리고 안전을 위해 계획을 좀 더 세밀하게 다듬었다.

휴가 생각에 마음이 들뜨긴 했지만 가기 전까진 여전히 많은 일들을 처리해야 했다.

"사장님, 회의 준비 마쳤습니다."

30대 중반의 단정한 정장 차림을 한 여자가 노크를 하고 들어와 말했다.

그녀는 성심방송국의 직원으로 준영의 업무를 보필하고 있었다.

"네, 가죠."

비서의 말에 결재 서류를 확인하던 준영은 서둘러 결재란에 사인을 하고 일어났다.

이제 만들어진 회사라 아직 전문 경영인이 없는 관계로 준영이 사장직에 앉았다.

오늘은 신임 국장들과의 첫 회의로 어떤 면에서는 방송국의 시작을 알리는 날이라고 할 수 있었다.

건물을 리모델링 한 지 얼마 되지 않아 새 건물 냄새가 진하게 나는 회의실로 들어서자 자리에 앉아 있던 국장들이 일제히 일어나 고개를 숙였다.

준영도 답례를 표한 후 자리에 앉으며 말했다.

"바로 회의를 시작합시다."

이곳에 있는 사람들치고 한가한 사람은 없었다.

대부분 준영이 지시한 업무에 야근을 밥 먹듯이 하고 있었고 며칠씩 집에 들어가지 못하는 사람도 있었다.

그렇다고 과다한 편은 아니었다. 그저 할 수 있을 것 같은 한계까지 일을 줄 뿐이었다.

물론 짐작만으로 업무량을 정하다 보니 직원의 한계를 잘못 파악해 과다하게 줄 때도, 적게 줄 때도 있었다.

그땐 다시 업무량을 조절해 줬다.

"편성국부터 시작하죠."

"네, 사장님. 편성국에서는 10월 1일 방송국 개국 예정일부터 24시간 방송을 송출하는 것을 목표로 하고 있습니다. 보도국, 예능국, 드라마국, 스포츠국, 시사 교양국에서 제작하는 콘텐츠가 어느 정도냐에 따라 다르지만 개국 시점에서는 보도국의 비율이 높을 수밖에 없을 것 같습니다. 자료 화면을 보시고 계속 설명드리겠습니다. 정규 방송과 재방송의 비율은……."

회의 테이블 위에 펼쳐진 입체 화면에는 누군가가 밤새 작성했을 다양한 표들과 수치들로 가득했다.

"…계획에 차질만 없다면 10월 1일 개국을 해도 좋을 것 같습니다. 이상입니다."

편성국의 40분 가까운 프레젠테이션이 끝났다.

"고생했습니다. 지금대로라면 한 프로그램의 제작만 어긋나도 방송 계획에 차질이 생길 수 있겠군요. 외주 제작 업체에 알아봐서 두 개 정도의 프로그램을 만들어두는 것도 좋겠군요."

집중해서 들으며 고쳐야 할 점이라든가 보완해야 할 점을 체크해 뒀던 준영은 바로 피드백을 했다.

"다음은 보도국."

"네, 저희 보도국에선 다른 방송국과 차별화된 생활 정보를 다룰 생각입니다. 가격 비교와 제품 비교는 물론이고 직접 소비자들의 의견을 모아 있는 그대로 시청자들에게 정보를 전달할 예정입니다. 생각하고 있는 프로그램은 현재로써는 총 다섯 가지로, 화면을 보며 설명드리겠습니다."

보도국에 이어 예능국, 방송 지원국, 시사 교양국 등이 차례차례 프레젠테이션을 했다.

점심을 먹고 1시 30분경 시작한 회의는 5시가 넘도록 계속되었다.

"휴우~ 드디어 긴 회의의 마지막이군요. 드라마국, 발표하시죠."

잠깐 긴장도 풀 겸 너스레를 떤 준영은 마지막 자리에 앉아 회의 내내 딴짓을 하던 드라마국 장(長)인 백연호를 바라보았다.

첫 만남에서 워낙 인상이 강렬했기에 채용을 거절하려던 준영은 다음날 성심테크를 직접 찾아온 그와 한 시간가량 얘기를 하다가 바로 그를 채용하기로 결정했다.

백연호는 준영이 만들려는 드라마에 대한 이해도가 다른 PD들과 남달랐다.

아이디어만 듣고도 경제적으로 미칠 효과는 물론이고 드라마 제작 환경이 지금과는 달라야 함을 설명하는 그는 인재 중에 인재였다.

또한 천재였다는 말이 거짓이 아니라는 걸 증명하기라도 하듯 준영이 지시한 업무를 어느 누구보다 빨리, 그리고 많이 소화를 해내고 있었다.

"아, 네, 그러니까 그게……."

단점도 있었다.

회의와 같은 틀에 박힌 것을 싫어했는데 특히 프레젠테이션을 유독 싫어했다.

"저희 드라마국에서는 두 편의 드라마를 기획하고 있고 그 중 한 편은 개국과 동시에 방영될 겁니다. 이상입니다."

"……."

단 두 문장으로 프레젠테이션을 끝낸 백연호는 태연한 데 반해 다른 국장들이 오히려 준영의 눈치를 보았다.

평소엔 다소 가벼워 보이지만 막상 업무적인 면에서는 엄격한 준영이었기에 불호령이 떨어질 것이라 생각을 한 모양이었다.

하지만 그들의 예상과 달리 준영은 전혀 기분이 나쁘지 않은 듯 빙긋 웃으며 말했다.

"수고했습니다. 이상으로 회의를 마치죠."

준영의 태도에 다들 어리둥절해하면서 하나둘 회의실 밖으로 나갔다. 물론 백연호는 말이 떨어짐과 동시에 가장 빨리 나가 버렸지만 말이다.

"사장님, 한 가지 물어봐도 되겠습니까?"

회의장 한편에서 회의를 지켜보던 비서가 물었다.

"왜 백연호 씨를 혼내지 않은지 궁금한가요?"

"네……."

"그의 진정한 가치는 일할 때 나오거든요. 하하하!"

"……."

이해를 못 한 모양이었다. 그래서 한마디 덧붙였다.

"그가 하루 하는 일을 체크해 보면 제가 무슨 말을 하는지 알 겁니다."

준영은 인재를 좋아했다. 특히 자신의 일을 줄여주는 인재라면 더욱더.

게다가 느낌상 백연호는 이곳에 오래 있을 사람이 아니었다. 그렇다면 예절 교육보다는 뽑아먹을 만큼 뽑아먹고 보내는 것이 이익이었다.

6장

휴가지에서

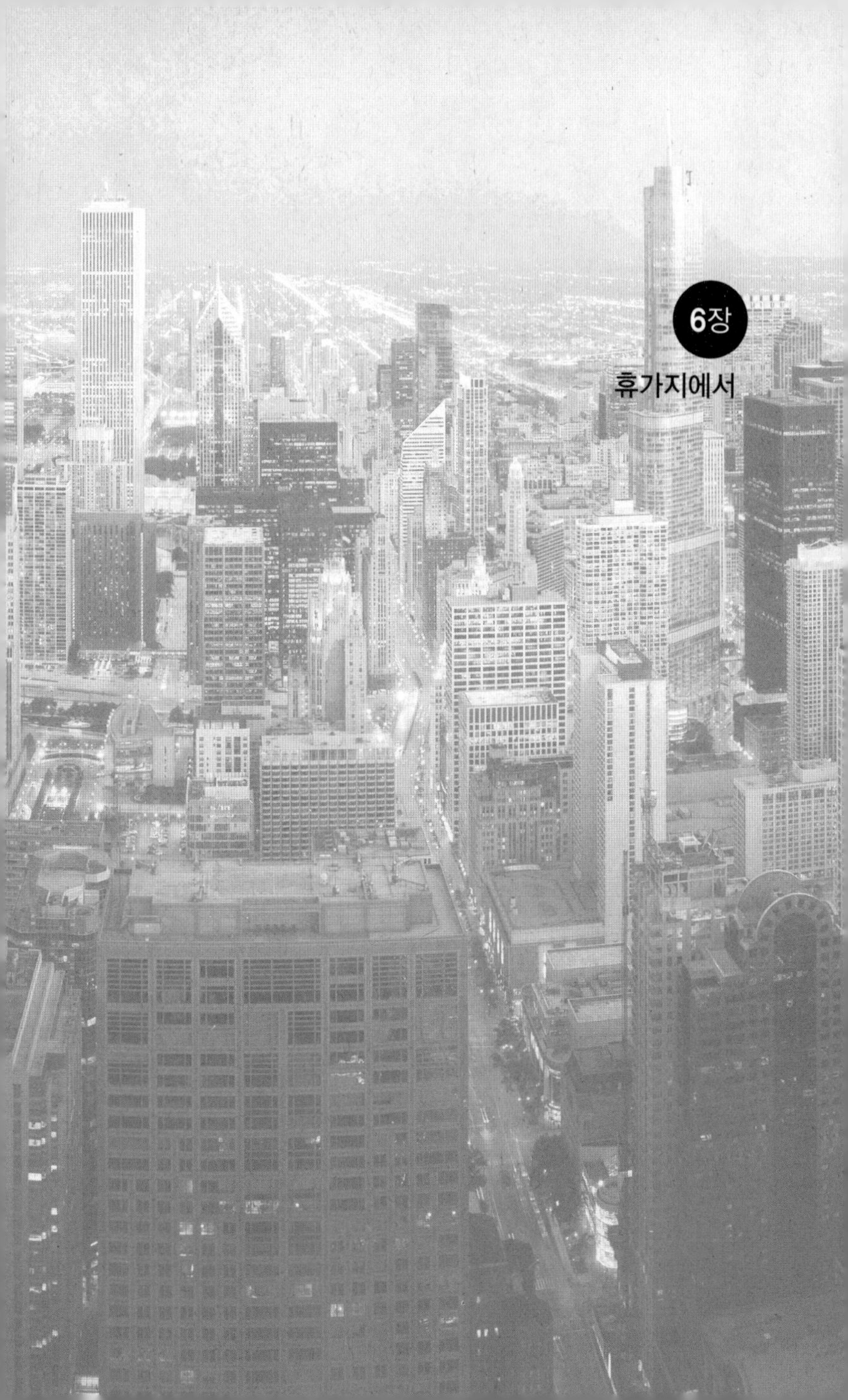

관광지의 아침은 다른 곳보다 일찍 시작된다.

여행 기간 동안 더 많은 것을 보고 즐기기 위해 새벽같이 일어나 부산을 떠는 관광객들의 소리는 아침잠을 깨우기에 충분했다.

"젠장! 적당히들 해라. 적당히."

문덕길은 밤새도록 소란스럽게 굴다가 다시 아침 일찍부터 시끄럽게 구는 손님 때문에 잠에서 깨어나 중얼거렸다.

더 자고 싶었지만 시계를 확인한 문덕길은 자리에서 일어나 씻고 로비로 나갔다.

뭐가 그리 즐거운지 연신 깔깔대며 웃고 있는 여대생들을 본 문덕길은 인사를 했다.

"잘들 쉬었어요?"

로비로 나오며 그들 때문에 밤새 잠을 설친 사실을 잊기라도 한 듯 문덕길의 목소리는 부드러웠다.

"네, 사장님도 잘 쉬셨죠?"

"허허허. 나야 언제나 푹 자는 편이죠. 커피라도 한 잔씩 줄까요?"

"감사합니다."

속마음이야 어떻게 되었든 간에 손님 앞에서 짜증을 낼 만큼 내공이 낮진 않았다.

무엇보다도 손님들의 일생 동안 몇 번 되지 않을 해외여행의 기억이 행복하게 남기를 바랐다.

그것이 태국에 와서 작은 리조트를 운영하며 세운 영업 철칙이라면 철칙이었다.

그 때문일까. 문덕길이 운영하는 '로라리조트'는 모두 여섯 개의 크고 작은 객실이 있었는데 비수기 때를 제외하곤 언제나 만원이었다.

따뜻한 커피 향이 로비를 채울 때쯤 다른 손님들도 하나둘 로비로 나왔다.

"커피들 한잔하시면서 잠시 기다리세요. 곧 맛있는 아침이 도착할 겁니다."

음식을 직접 하는 것보다 사서 먹는 편이 여러모로 나았기에 직원이 출근을 할 때 사 가지고 오는 방식이었다.

커피를 끓여놓은 문덕길은 리조트 맨 위에 있는 다락방으로 올라갔다.

막 문의 손잡이를 돌리려던 그는 문 앞에 적혀 있는 'Knock please!!' 라고 적힌 글을 보고 노크를 했다.

"로라야, 일어날 시간이다."

다시 한 번 불렀지만 묵묵부답.

결국 열쇠로 문을 열고 들어갔다. 침대 위에는 중학생 정도 되어 보이는 소녀가 자고 있었다.

"로라야, 아침 먹어야지. 그만 일어나렴."

"우웅~ …조금만 더 잘게요."

"방학이라고 게을러지면 기숙사에 가서 힘들어진다. 얼른 일어나."

"네네, 알았어요."

입을 삐죽이면서 몸을 일으켜 침대에서 내려오는 로라를 보고 문덕길은 빙긋이 웃으며 그녀의 머리를 헝클어뜨렸다.

"아얏! 하지 마, 아빠."

질색을 하며 욕실로 도망가듯 들어가는 로라의 뒷모습을 바라보던 문덕길은 문득 길고 길었던 지난 1년이 떠올랐다.

문덕길은 작년 초에 이혼한 부인과 다시 합칠 생각으로 한국 생활을 정리하고 태국으로 이민을 왔었다.

놀라게 해줄 생각으로 낡은 리조트를 구입해 리모델링을 한 다음 전 부인을 찾아갔지만 그녀는 이미 2년 전에 재혼을 한 상태였다.

배신감이 살짝 들긴 했다. 하지만 과거를 돌이켜보면 모든 것은 자신의 잘못이었다.

결국 합치자는 말을 하지도 못하고 돌아서려는 그에게 전 부인은 로라를 맡아줄 것을 부탁했었다.

재혼한 남편에게도 자녀들이 있는데 잘 섞이지 못한다는 이유에서였다.

문덕길은 기쁜 마음으로 허락했다.

사실 부인보다는 딸 때문에 태국으로 온 것이나 다름없었기 때문이었다.

한데 막상 로라와의 생활은 평탄지 않았다.

문덕길은 아이를 길러본 적이 없어 어떻게 해야 할지 몰랐고, 로라는 로라 나름대로 가까운 이웃 사람보다 더 낯선 아버지에게 쉽게 다가가지 못했다.

그렇게 때로는 싸우고 때로는 서로를 이해하려 노력하며 1년이라는 시간을 보내자 이젠 여느 부녀지간처럼 지낼 수 있게 되었다.

상념을 지운 문덕길은 다시 로비로 내려왔다.

"사장님, 나 밥 사왔어요."

로라리조트에서 일하는 다섯 사람 중 유일한 남자인 '카오'라는 태국 청년이 양손에 아침밥으로 먹을 음식을 잔뜩 들고 인사를 했다.

"고생했어. 그리고 어른한테는 '나'가 아니고 '저'라고 하는 거야."

"그래요? 저 밥 세팅 할게요."

언젠가 한국에 가보고 싶다며 한국말 배우기에 열심인 카오는 머리가 좋아 말을 가르쳐 주는 대로 곧잘 따라했다.

거기다 부지런하고 싹싹해 문덕길이 가장 좋아하는 직원이었다.

특이한 점은 여자가 되고 싶어 한다는 것인데 리조트에서 일하는 이유도 수술비를 벌기 위해서라고 했다.

카오가 아침을 차리자 오늘 섬을 떠날 팀들이 서둘러 식사하기 시작했고 문덕길도 그들과 같이 움직여야 했기에 로라와 함께 아침 식사를 했다.

식사를 마친 문덕길과 카오는 떠나는 손님들의 가방을 캐리어에 실어 해안가로 나갔다.

"사장님, 덕분에 너무 즐거웠어요. 다음에 또 올게요!"

수선스럽던 여대생들이 파타야를 오가는 스피트 보트에 오르면서 작별 인사를 했다.

"마지막 날까지 즐겁게 보내요."

문덕길도 웃는 얼굴로 그들에게 손을 흔들었다.

"어제 들어온 것 같은데 벌써 떠날 날이라니… 다음엔 애들과 같이 오겠습니다."

신혼부부 중 밤에 같이 술 한잔했던 남자가 아쉽다는 듯 너스레를 떨었다.

"애들 방값은 공짜로 해줄 테니 꼭 오게."

문덕길도 아쉽다는 표정을 지으며 남자의 어깨를 가볍게 두드려 줬다.

그렇게 리조트에 머물렀던 손님들이 하나둘 수평선 너머로 사라졌다.

"후우~"

배웅을 마친 문덕길은 가볍게 한숨을 내뱉고는 캐리어 옆에 앉아 담뱃불을 붙였다.

일 년간 리조트를 하며 얼마나 많은 손님을 맞이하고 배웅을 했던가. 그런 데도 배웅을 하고 나면 언제나 '좀 더 잘해줄걸' 하는 아쉬움이 남았다.

"손님들이 가고 나면 언제나 그 포장이시군요. 저가 볼 때 충분히 잘해줬어요, 사장님은."

옆에 앉아 있던 카오가 되지도 않는 위로를 하고 싶은 모양이었다.

"이놈아, 포장이 아니라 표정이다. 그리고 '저가'가 아니고 '제가'라고 해야 한다."

"쩝! 한국말은 매워 어려워요."

'매워'가 아니라 '매우'라고 말해주려던 문덕길은 카오 덕분에 다소 기분이 풀렸음을 깨닫고 입을 닫았다.

해변에 앉아 조금 기다리자 떠났던 스피트 보트가 다른 손님들을 태우고 돌아오고 있었다.

한국이 휴가철이라 그런지 섬으로 들어오는 사람들 중 한국인으로 보이는 사람들이 유독 많았다.

문덕길은 손님들의 이름이 적힌 팻말을 들고 도착하는 보트 앞에서 서성거렸다.

"로라리조트에서 나오신 분인가요?"

신혼부부라기엔 어려 보이는 한 쌍의 남녀가 팻말을 보고 다가와 물었다.

"네, 맞습니다. 성함이?"

"문지방입니다."

"우주여행사를 통해 오신 분이시군요. 일단 가방은 저 사람에게 주시고 다른 분들 오실 때까지 잠시만 기다려 주세요."

몇 군데 소규모 여행사와 계약을 맺고 있어서 그곳에서 손님들을 보내주고 있었는데 코란 섬 대부분의 숙박 시설이 문덕길처럼 여행사를 통해 손님을 받고 있었다.

떠난 팀이 네 팀이었으니 오늘 받을 팀도 네 팀.

곧이어 두 팀이 합류했고 노부부 팀을 마지막으로 모든 손님이 도착했다.

"어? 리조트가 해변가에 있는 게 아닌가 봐요? 에이! 해변가에 있는 게 좋은데……."

리조트로 돌아가는데 문지방이 질문을 가장한 불평을 했다.

"저희 리조트는 단지 50미터 정도 떨어져 있을 뿐입니다."

"헐, 해수욕하고 걸어가려면 50미터면 충분히 멀죠. 산꼭대기에 붙어 있어야 먼 건가요?"

말을 붙여 봐야 자신이 손해라는 걸 깨달은 문덕길은 더 이상 대꾸를 하지 않았다.

'간만에 만나는 재수 없는 놈이군.'

손님을 보내며 아쉬워했던 마음은 씻은 듯이 사라지고 간만에 전투력이 솟는 그였다.

현지인으로서 관광객을 은근히 골탕 먹일 방법은 얼마든지 있었다.

정신없이 바쁘다 보면 시간이 빨리 가는 법.

새로운 손님을 받고 떠나는 손님을 배웅하다 보니 어느새 재수 없던 커플이 떠날 시기가 왔다.

"여긴 최악의 여행지였어. 두 번 다시 오나 봐라!"

마지막까지 투덜거리고 스피트 보트에 오르는 커플을 문덕 길은 그저 무표정하게 일별하고 고개를 돌렸다.

딱히 괴롭히진 않았다.

그저 맛없는 음식점을 소개하고, 초짜 안마사를 붙여줬고, 바가지 씌우는 레저 스포츠 업체가 접근하는 걸 묵인했을 뿐이었다.

"사장님, 은밀히 사악하세요."

"은근히, 그리고 사악하다는 말은 나 같은 사람한테 쓰는 게 아냐."

"그럼 어떤 사람한테 써요?"

"있어, 그런 놈. 기계를 그런 일에 쓸 거면서 고작 10억에 사? 사악한 놈."

"……? 사장님, 무슨 말인지 모르겠어요."

"알 필요 없어."

"에이~ 그러지 말고 말해보세요."

카오가 궁금해서 몇 번 더 물었지만 문덕길은 굳게 입을 다물었다.

"손님 온다. 준비해라."

스피드 보트가 해안으로 들어오는 것을 보고 문덕길은 자리에서 일어났다.

이번 손님은 여행사가 아닌 전화 예약으로 진행됐는데 한 번에 네 개의 룸을 예약했다.

'조폭인가?'

팻말을 보고 다가오는 사람들은 평범하게 옷을 입고 있었지만 덩치나 걸음걸이, 눈빛이 예사롭지 않았다.

"로라리조트에서 나왔습니다. 명지만 씨입니까?"

"예."

"…여기 계신 분들이 전부입니까?"

"아뇨, 잠시 후 도착하실 겁니다."

문덕길은 왠지 기가 눌리는 느낌을 받았다. 그래서 평소처럼 말이 나오지 않았다.

"그, 그럼 먼저 들어가겠습니까?"

"그 전에 사장님과 얘기를 나누고 싶은데요."

"무슨 얘기를……."

싫다고 말하고 싶었지만 어느새 사내가 이끄는 대로 끌려가고 있었다.

"지금 리조트에 머물고 있는 사람들에 대해 좀 알고 싶습니다만."

"뭐, 뭐 때문에 묻는 겁니까?"

"잠시 후에 오실 분은 무척 중요한 분이오. 그래서 안전을 위해 묻는 겁니다."

중요한 사람이 작은 리조트엔 왜 오는지 궁금했다. 그리고 제발 안전하지 않다고 판단하고 그냥 갔으면 했다.

사생활을 보호하기 위해 말할 수 없다고 말하고 싶었지만 그건 생각뿐이었다.

"어제 온 여대생들이 두 개의 방을 차지하고 있고, 삼 일 전에 온 노부부가 한 방을, 마지막으로 삼 일 전에 와서 내일 떠나는 중국인 신혼부부가 있습니다."

"그들 중 수상하다고 생각되는 이들이 있습니까?"

"이미 2주 전부터 예약되어 있던 사람들입니다. 그리고 댁… 들은 일주일 전에 예약을 했잖습니까? 평범한 관광객들이 수상할 게 뭐가 있겠습니까?"

"그렇군요. 그럼 일단 가서 확인 좀 해봐도 되겠습니까?"

"누구를요? 손님들을요?"

손님들을 귀찮게 할 것 같다는 생각이 들자 문덕길이 살짝 인상을 쓰며 물었다.

"건물을 확인하는 겁니다. 손님들을 귀찮게 할 일은 없을 겁니다."

"그, 그렇다면 가시죠."

순간 겁을 상실했지만 금세 원래대로 돌아온 문덕길은 어느 때보다 긴장하며 그들을 리조트로 안내했다.

"아빠, 저 사람들은 뭐예요?"

로비에 앉아 눈을 희번덕거리고 있는 사내들을 보며 로라가 물었다.

"손님. 혹시나 가까이 갈 생각은 마라."

"저렇게 검은 아우라를 풍기는데 접근하라고 해도 못 가겠다. 참, 나 할아버지 할머니랑 잠깐 나갔다 올게."

"또? 사 주신다고 해도 거절해라."

노부부가 섬 안내를 부탁해 로라를 붙여줬더니 가이드 값이라기엔 과한 선물을 듬뿍 사 준 것이다.

"매번 거절했다니까. 그런 데도 할아버지가 억지로 사서 안기는데 어떻게 해? 아빠가 그럼 말해보든가."

노인네들이 손주들 어릴 때가 기억나서 사 줬다는데 뭐라고 하겠는가.

"어쨌든 좋은 곳 안내해 드려라."

"알았어. 한데 아빠, 저 할아버지 할머니 진짜 부부 맞아?"

"왜? 뭐가 이상해?"

"아니, 같이 다니시면서 딱히 애정 표현을 안 하시더라고. 내가 유심히 봤더니 손도 안 잡으시던데."

"진짜 부부 맞네."

"에?"

"너도 나중 되면 알게 될 거야. 노인네들 내려오셨다. 얼른 가봐."

노부부와 로라가 밖으로 나가자 사내 중 한 명이 따라 나가는 것이 보였다.

뭐라고 한마디 할까 싶다가도 눈만 마주쳐도 오금이 저려오니 그저 아무 탈이 없기만을 바랄 뿐이었다.

'쳇! 얼마나 대단한 사람인지 얼굴이라도 보고 싶군.'

그리고 그날 밤 문덕길은 살면서 본 여자 중 가장 아름다운 여자를 볼 수 있었다.

*　　　*　　　*

"휴우~"

로라리조트의 방에 들어온 능령은 깊은 한숨을 내쉬고 침대에 걸터앉았다.

준영의 말대로 이곳까지 오긴 했지만 생각보다 감시가 심해 어떻게 그를 만날 수 있을지 벌써부터 걱정이었다.

능령은 아버지인 진명천의 말대로 태국으로 가는 대신 일주일간의 휴가를 가고 싶다고 말했었다.

허락은 받을 수 있었다. 단 경호원의 수를 배로 늘려야 한다는 조건이 붙었다.

문제는 자신의 옆에서 근접 경호를 하는 여자 경호원들을 제외하고는 모두 철무한의 사람들이라는 것이었다.

중국에서도 그랬지만 준영이 걱정할까 봐 말을 하지 않았는데 막상 휴가지에 도착하고 나니 걱정이 밀려왔다.

연락을 하고 싶은데 삼 일 전 태국에 도착하고 난 뒤로는 감시가 그 어느 때보다 강화되어 화장실과 욕실을 제외하고 침실에까지 감시 카메라가 설치되어 있었다.

그래서 매일 하던 통화도 삼 일째 못 하고 있었다.

똑똑!

준영이 어떻게 접근해 올지 한참 생각을 해보고 있는데 노크 소리가 들렸다.

"들어와요."

들어온 사람은 준영이 붙여준 여자 경호원 중에 한 명이었다. 최근 여자 경호원들도 철저하게 감시를 받고 있었는데, 아니나 다를까 남자 경호원이 그녀의 옆에 바싹 붙어 있었다.

"리조트 주인이 환영의 의미로 과일 바구니를 가지고 왔습니다."

"놔두고 가세요."

과일 바구니도 검사를 했는지 풀어진 흔적이 보였기에 딱히 먹고 싶다는 생각이 들지 않았다.

그러다 문득 휴가 날짜에 대해 얘기를 할 때 준영이 뜬금없이 어떤 과일을 좋아하냐고 물었던 기억이 떠올랐다.

혹시나 싶어 과일 바구니를 뒤져 보니 자신이 대답했던 망고가 있었다.

감시 카메라를 의식해 과도를 이용해 조심스럽게 망고를 잘라 봤다.

'역시!'

작은 비닐봉지 안에 환약처럼 생긴 둥근 알약 같은 것이 들어 있었다.

'근데 이거 어떻게 사용하는 거지? 먹으면 되는 건가?'

망고를 먹으며 작은 알약을 먹을 건지, 아님 귀에 넣을 건지 잠시 고민을 했다.

결론은 일단 귀에 넣어보고 아니면 삼키기로 했다.

망고를 적당히 먹은 능령은 과즙이 묻은 손을 닦으려는 듯 화장실로 들어갔다.

그리고 손에 쥔 비닐봉지를 열어 알약을 꺼내 귀에 넣어보았다.

"어……!"

귀에 들어간 알약이 스스로 움직이며 귀에 달라붙는 느낌이 들었다. 그리고 준영의 목소리가 들려왔다.

─먹으면 어쩌나 했는데 용케 귀에 넣었네? 삼 일 전부터 연락이 없어서 감시가 심해졌다는 걸 눈치챘어.

"…내 말도 들려?"

능령은 수돗물을 틀어놓고 낮은 목소리로 중얼거렸다.

─응, 잘 들려.

"다행이다. 꼭 해주고 싶은 말이 있었어. 지금 내 주위에 있는 경호원들 모두 철무한의 사람들이야. 그러니 웬만하면 그냥 돌아가."

─후후! 알고 있었어. 내가 철무한이라고 해도 그렇게 했을 테니까. 하지만 걱정 마. 내일이면 둘만의 시간을 마음껏 보낼 수 있을 테니까.

"…좋은 계획이라도 있는 거야?"

준영이 다칠까 봐 돌아가길 바라는 마음보다 보고 싶다는 마음이 더 컸다. 그래서 기대하는 목소리로 물었다.

―응, 내일 아침밥 먹고 10시쯤 해변 쪽으로 나와. 그리고 그때 내가 지시하는 대로만 하면 돼.

"그럴게. 근데… 지금 어디야?"

가까이에 준영이 있다고 생각해서일까. 갑자기 준영이 너무나 보고 싶었다.

―아주 가까이에 있어.

"보고 싶어."

―나도. 그동안 이렇게 보고 싶은 마음을 어떻게 참았는지 궁금해. 내가 진 대인의 마음을 돌린 후에 함께하자고 했던 말 기억나?

"응."

―그 말을 가장 후회해.

평소 통화할 때와 달리 준영의 말은 달콤했다.

이어폰을 낀 때문인지 마치 귀에다 속삭이는 듯해서 더욱 마음을 적시는 듯했다.

둘의 대화는 능령이 샤워를 하는 도중에도 계속됐다.

화장실에서 너무 오래 있다면 의심받을 가능성이 높았다. 그래서 나가야 하는데 발길이 떨어지지 않았다.

능령은 사랑을 하면 유치해진다는 말을 이해하지 못했는데 지금은 이해할 수 있을 것 같았다.

용기를 내서 말했다.

"…대답은 못 하겠지만 계속 얘기해 줄래?"

ㅡ코 고는 소리가 들릴 때까지 계속 해줄게.

"코 안 골거든!"

ㅡ후후! 그건 두고 봐야겠지. 그나저나 무슨 얘기를 해준다? 얼마 전에 꾼 꿈에 대해 말해줄까? 아니다. 그건 너무 암울해. 아! 또 다른 나에 대해서 얘기해 줄게.

준영의 얘기는 엉뚱했지만 재미있었다.

바로 지어낸 것치곤 꽤나 치밀했고 실제처럼 느껴질 정도로 흥미진진한 것도 있었다.

그렇게 침대에서 준영의 이야기를 듣던 능령은 잠에 빠져들었다.

가볍게 코를 골면서.

다음 날 일찍 일어난 능령은 약속 시간까지 할 일이 없었기에 로비로 내려갔다.

가장 먼저 반기는 건 향긋한 커피 향.

"편히 쉬었어요?"

어제 들어올 때 보았던 주인아저씨가 반갑게 인사했다.

"네, 덕분에요. 과일 바구니, 감사했어요."

"허허! 리조트에 오시는 모든 손님께 제공하는 것인데요, 뭘. 식사 전에 커피라도 한잔하세요."

"네, 잘 마실게요."

경호원들이 가져오려는 걸 막고 직접 커피를 따른 후 바다가 보이는 창가 쪽에 앉아 커피를 마셨다.

"허, 그 처자 정말 예쁘군. 애인이 누구인지 몰라도 아주 행복하겠어."

목소리의 주인공은 언제 왔는지 옆자리에 앉은 노부부 중 할아버지였다.

"안녕하세요. 과분한 칭찬이세요."

"한국 사람이었나? 이거 미안하네. 늙은이가 주책을 부렸구먼."

"별말씀을요. 그리고 할아버지가 잘 보셨어요. 전 중국인이에요."

"껄껄껄! 중국인이면 어떻고 한국인이면 어떤가. 말이 통하면 그걸로 족한 거지. 한데 애인은 있나? 없다면 내 손자 중에 괜찮은 놈이 있는데 말이야."

"있어요."

"역시나인가? 껄껄껄! 좋은 곳이니 즐거운 시간 보내구려. 우리는 아침 전에 산책이나 다녀오겠네."

친근하게 말을 걸던 노부부가 일어나자 미소 짓던 능령의 표정이 싸늘하게 굳어졌다.

그리고 경호원 중 한 명에게 말했다.

"지금 뭐하는 짓이지?"

"네?"

"할아버지에게 살기를 뿌린 이유가 뭐냐고 물었다. 노인도

어찌지 못할 만큼 실력이 형편이 없는 것이냐, 아니면 나보고 말도 하지 말라는 것이냐?'

"……."

"네 목적이 나의 경호든 감시든 그건 상관하지 않겠다. 그것이 네 일이니까. 하지만 간만에 얻은 내 휴가를 방해한다면 용서하지 않겠다. 혹 철 가가를 믿고 안전할 거라 생각한다면 다시 한 번 그따위 짓거리를 해봐. 어떻게 되는지 보여주지."

"죄, 죄송합니다."

사랑에 면역이 없어 어찌할 바를 모르고 있는 것뿐 능령은 마냥 착하기만 한 여자는 아니었다.

명천그룹을 만든 진명천의 딸이며 중국 혹사회에서 다섯 손가락 안에 들어가는 조직을 가진 진호천의 조카가 만만할 리가 없었다.

호텔에 머무는 사람들과 함께 시끌벅적한 분위기에서 아침을 먹은 능령은 나갈 준비를 했다.

준영과 약속된 시간보다 한 시간 일찍 밖으로 나온 능령은 해변을 걸으며 시간을 보냈다.

어젯밤 준영이 이것저것 군것질하라는 말을 했기에 노점이 보이면 사 먹는 것도 잊지 않았다.

"저, 아가씨 혼자 오셨… 아, 아닙니다. 즐거운 휴가 보내세요."

그녀의 미모를 보고 여러 명의 남자들이 접근하려 했지만 뒤따르는 경호원들을 보곤 황급히 물러났다.

─해변을 걷는 모습이 정말 눈부시게 아름답군.

갑자기 들리는 준영의 목소리에 흠칫 놀랐지만 곧 아무 일 없다는 듯 걸었다.

─이제 만나야 할 시간이네. 그 길을 따라 쭈욱 걷다 보면 공중화장실이 있을 거야. 그 안으로 들어오면 돼.

걷다 보니 준영의 말대로 공중화장실이 있었다.

"화장실."

"얼른 리조트로 가시는 것이……."

"급해. 사람들 많은 곳에서 내가 실수하기를 바라는 거야?"

능령이 아랫배에 손을 살짝 얹고 인상을 쓰면서 말하자 아무리 철저하게 감시하라는 명을 받은 경호원들도 어쩔 수가 없었다.

사용료가 있어서인지 공중화장실에는 몇 사람밖에 없었는데 그중에 아는 얼굴이 있었다.

"어머, 할머니."

"기다리고 있었어. 이리 따라와."

"준영이가 보낸 분이군요?"

"시간이 많지 않아."

할머니는 능령을 손을 잡더니 화장실의 마지막 칸으로 들어 갔다.

"얼른 옷 벗어."

할머니가 자신의 옷을 벗으며 말했고 준영의 계획을 눈치챈 능령도 따라 벗었다.

'한데 과연 이런 걸로 속일 수 있을까?

옷을 벗으면서 의문이 들었다. 하지만 곧 믿기 힘든 장면을 목격할 수 있었다.

속옷을 제외하고 모두 벗은 할머니가 얼굴을 한 겹 벗겨내자 바로 자신의 얼굴이 나타난 것이다. 거기다 목소리까지 똑같았다.

"여기에 얼굴을 붙이고 1분만 있어."

변기 옆에 있는 서류 가방을 열자 음각으로 된 사람 얼굴 모양의 틀이 나왔다.

능령은 시키는 대로 했다.

서류 가방에서 얼굴을 떼자 주름이 많은 할머니가 되었고, 뭔가 머리에 씌우자 머리카락이 하얗게 샜다.

5분이 채 지나기 전에 할머니는 능령이 되었고 능령은 할머니가 되었다.

손을 마지막으로 모든 작업이 끝났다.

"5분 뒤에 나가면 준영이 기다리고 있을 거예요."

자신으로 변해 버린 할머니는 미묘한 말투까지도 완벽하게 똑같았다.

할머니, 아니, 이제는 자신이 되어버린 그녀가 떠난 후 얼떨떨하게 있던 능령은 화장실을 나와 거울을 보았다.

"세상에. 어머, 목소리도 바뀌었잖아?"

혹시 남들이 볼 때 이상한 점이 있을까 살펴보지만 옷 안에 있는 피부를 제외하곤 그냥 할머니였다.

"아! 기다리겠다."

너무 신기해서 5분이 지났음을 깨달은 능령은 밖으로 나갔다.

준영은 없었고 아침에 자신에게 말을 걸었던 할아버지가 환하게 웃고 있었다.

"준영?"

"응, 내 마누라, 한번 안아보자."

어제 밤늦게까지 들었던 준영의 목소리였다.

능령은 할머니라기엔 너무나 날렵한 동작으로 준영에게로 달려가 안겼다.

김철수와 이영희는 20년 차 부부였다.

또래의 여느 부부들과 비슷하게 연인이 아닌 이젠 가족이 되어버린 두 사람은 관계(?)를 개선하고자 여름 휴가 겸해서 태국 코란 섬으로 놀러왔다.

그러나 벌써 삼 일째 허탕을 치고 있었다.

'이거야 원… 이것도 나름 죽을 맛이군.'

남자에게 좋다는 것만 나흘 연속 먹고 있는데 해변에서는 민망할 정도로 힘이 들어가던 것이 밤만 되면 도통 반응이 없었다.

물론 김철수만의 문제가 아니었다.

이영희도 노력해 본다고 꼼지락거리는 남편에게 말을 안 해서 그렇지 귀찮기만 할 뿐이었다.

'그래도 노력은 해야 해.'

두 사람은 동시에 생각했다.

아이들의 아빠이자 남편으로, 엄마이자 아내로서는 두 사람 다 부족함이 없었다.

"그동안 승진 문제로 너무 긴장해서 그럴 거예요. 마사지나 한 번 더 받아봐요."

"그럴까? 오늘은 오일 마사지 어때?"

남사스러워 발 마사지만 받았는데 오늘은 전신 마사지를 받아볼 생각으로 두 사람은 움직였다.

"어, 저기 노부부 봐."

이영희의 말에 시선을 돌렸더니 화장실 앞에서 포옹을 하고 있는 노부부가 보였다.

분명 노인들인데 이상하리만큼 뜨거워 보였다.

아나나 다를까 수많은 사람들이 보고 있는데 설왕설래 키스를 했다.

노부부에 비한다면 자신과 처는 한참 어린 나이. 김철수는 노부부의 모습에서 묘한 기분을 느꼈다.

"추하지 않고 왜 아름답게 보일까요? 우리도 저분들처럼 될 수 있지 않을까요?"

이영희도 김철수와 비슷한 감정을 느꼈는지 약간 들뜬 표정을 지으며 말했다.

김철수는 그런 이영희를 바라보며 말했다.

"갈까?"

"네……."

마사지 숍으로 가던 두 사람은 빠른 걸음으로 묵고 있는 리조트로 향했다.

　노부부의 애정 행각이 중년의 부부에게 작은 불씨를 던져주었다.

7장

함께

오랜만에 만나서 감정이 폭발했다. 그래서 다른 사람들의 눈을 의식하지 못하고 길거리에서 너무 과하게 애정 행각을 벌였고 정신을 차렸을 때는 수많은 사람들의 시선을 한 몸에 받아야 했다.

준영은 능령의 손을 잡고 서둘러 그곳을 벗어났다.

"남들이 이상하게 봤겠다."

"…그러게."

할머니 얼굴을 한 채 부끄러운 듯 살짝 고개를 숙이는 능령. 약간 이상하긴 했지만 능령이라고 생각하니 그 모습마저 예뻐 보였다.

"일단 이틀간은 노부부 역할을 해야 하니 이곳을 벗어날 때까지만 조심하자."

역할에 충실하기 위해 어깨를 감싸지는 못했지만 손은 꼭 잡고 있었다.

"근데 내 역할 한 사람 누구야? 정말 감쪽같아서 얼마나 놀랐는데."

"그냥 연기자라고 생각하면 돼. 자세한 건 나중에 얘기해 줄게. 그나저나 이제부터 뭘 하지?"

"그냥 이렇게 얘기만 하고 있어도 좋아."

무얼 하든지 함께 있는 것만으로도 행복한 시기였다. 그러나 오랜만에 만난 연인과 얘기 말고 반드시 해야 할 일이 있었다.

"어, 일찍 들어오시네요?"

청소를 하고 있던 문덕길이 일찍 들어오는 준영과 능령을 향해 물었다.

"오늘은 좀 쉬려고 말이야. 그동안 너무 무리했더니 몸이 좋지 않구면."

"잘 생각하셨어요. 관광도 좋지만 쉬엄쉬엄하셔야죠. 점심은 기운 날 만한 걸로 사다 드릴까요?"

"그래 준다면야 좋지. 혹시 자고 있을지 모르니 문 앞에다가 놔주게. 계산은 나중에 하겠네."

거부할 이유가 없었다.

방에 들어가면 언제 나올지 모르는 일이었으니까.

준영은 짧게 문덕길과의 대화를 끝내고 방으로 들어와 문을 걸어 잠갔다.

"이대로……?"

능령이 자신의 얼굴을 가리키며 말했다.

"하하! 절대 안 되지."

40년쯤 흐르고 나면 모를까 젊고 아름다운 얼굴을 놔두고 할머니 얼굴을 보며 사랑을 나누고픈 생각은 없었다.

"이 약품을 사용하면 돼. 세면대에 물을 받아 몇 방울 떨어뜨린 후 30초 정도 얼굴을 담갔다가 꺼내면 인피면구가 떨어질 거야."

"…먼저 씻어."

준영은 고개를 끄덕이고 욕실로 들어갔다.

씻고 나오자 다음으로 능령이 욕실로 들어갔고 준영은 침대에 앉아 그녀가 나오길 기다렸다.

"머리는 어떻게 안 되나 봐?"

목욕 가운을 입고 반백의 머리를 수건으로 닦고 나오는 능령의 모습은 숨이 막힐 정도로 아름다웠다.

준영은 대답 대신 그녀의 허리를 붙잡아 앞으로 당겼다.

"머리 좀 말리고."

"자연히 마를 텐데, 뭐."

"그래도… 흡!"

준영의 입술이 능령의 입술과 맞닿았다.

머리를 말리겠다던 능령은 눈을 감으며 수건을 놓았고 준영의 허리를 감아갔다.

방은 서서히 거칠어져 가는 두 사람의 숨소리로 채워져 갔고 곧 태국의 뜨거운 태양보다 더 뜨겁게 불타오르기 시작했다.

하루 일과를 마친 문덕길은 리조트 마당에 마련된 야외 테이블에서 시원한 맥주를 마시고 있었다.

그가 가장 좋아하는 시간이었는데 오늘따라 리조트의 한 부분을 흘깃거리면서 걱정스런 표정을 짓고 있었다.

"할머니가 몸이 많이 안 좋은 모양이네."

어제 점심 전에 몸이 불편하다고 방으로 들어간 노부부가 하루가 지나고 밤 9시가 되도록 코빼기도 안 보이니 걱정이 되었다.

할아버지는 간혹 먹을 것을 사러 나오는 것 같았지만 할머니는 방에서 꿈쩍도 하지 않고 있었다.

문덕길은 맥주 대신 시원한 음료수를 마시는 로라를 향해 말했다.

"내일 떠나야 할 분들이 저러고 계시니… 로라야, 네가 올라가서 의사가 필요한지 물어볼래?"

"응."

자신에게 잘해준 노부부가 걱정되긴 로라도 마찬가지였기에 마시던 음료수 캔을 테이블에 놓고 일어났다.

그때 할아버지가 밖으로 나오는 것이 보였다.

"할아버지, 할머니 많이 아파요?"

"으응, 이젠 괜찮아졌단다."

로라의 물음에 준영은 살짝 겸연쩍은 표정을 지으며 말했다.

"의사라도 부르시는 게 어떻습니까, 어르신?"

"괜찮네. 막 잠들어서 지금은 그냥 내버려 두는 게 좋을 것 같아."

"그나마 다행이군요. 이쪽으로 앉으세요. 한데 어르신도 많이 아프셨나 보군요?"

문덕길은 준영의 후들거리는 다리를 보고 있었다.

사실 준영도 지금 푹 자고 싶은 기분이었다.

그저 적당히 하다가 능령과 휴가를 즐길 생각이었는데 시도 때도 없이 불끈 솟는 놈을 달래려다 보니 너무 무리를 한 것이다.

태국에 와서 홍콩만 실컷 구경한 꼴이라고 할까.

각설하고 후들거리는 다리로 밖에 나온 이유는 내일이면 헤어질 문덕길을 보기 위해서였다.

마음만 먹으면 언제든지 올 수 있는 곳이지만 그 마음먹기가 평생이 될 수도 있는 법이었다.

"맥주는 그렇고 다른 거라도 갖다 드려요?"

"아니네. 시원한 맥주가 당기는군."

직접 아이스박스에 담긴 맥주를 꺼낸 준영은 단번에 한 병을 들이켰다.

"캬아~ 살 것 같군."

"아프다는 분이… 천천히 드세요. 그렇게 마시다 탈 나면 내일 어떻게 떠나시려고요?"

"못 가면 하루 더 쉬었다 가면 되지. 근데 안주는 없나?"

"땅콩 있잖습니까?"

"해산물이 지천으로 깔린 곳에서 안주로 땅콩이 뭔가? 로라야, 이 할아버지가 돈 줄 테니 안주 할 만한 해산물 좀 사 오겠니?"

"늦은 시간에 애를 어디로 내보내시려고요?"

문덕길이 펄쩍 뛰었지만 준영은 이미 돈을 꺼냈고, 로라는 받아 들고 나갈 채비를 했다.

시간상으로 밤 9시가 넘었지만 관광지답게 대낮만큼 훤했고 길거리는 낮보다 오히려 사람들이 더 많았다.

게다가 음식을 파는 곳이 멀지 않았다.

"적당히 해, 아빠. 바로 요 앞이잖아. 위험하면 소리칠 테니까 그때 달려오세요."

로라의 말에 문덕길은 아무 대꾸도 못했지만 '그래도 여자앤데'를 낮은 소리로 중얼거렸다.

그런 문덕길의 모습에 준영은 피식 웃음이 나왔다. 성격이 까칠하던 양반이 리조트를 운영하며 많이 유해지고 성격을 죽이고 사는 모습이 재미있었기 때문이다.

"아프다는 양반이… 적당히 마셔요."

준영이 다시 맥주를 집자 투덜댔지만 원래 그런 사람이니 무시하고 말을 했다.

"문 사장은 이 생활에 만족하나?"

"자기 생활에 만족하는 사람이 몇 명이나 되겠습니까? 그냥 사는 거죠."

"그럼 뭐 다른 거 하고 싶은 거라도 있나?"

"딱히요. 그냥 지금처럼 살다가 갈 때 되면 가는 거죠. 인생 뭐 있나요?"

"껄껄! 만족한다는 소리군."

"말이 왜 그렇게 되는 건데요? 만족하는 게 아니라 그냥저 냥 살 만하다는 정도예요."

"그게 만족한다는 뜻이 아니고 뭐겠나?"

"아따, 노인네 고집하곤. 네네, 만족합니다. 만족해. 근데 갑 자기 그건 왜 물으십니까?"

"딱히 할 얘기가 없지 않은가? 그래서 그냥 물어봤네. 리조 트를 더 키울 생각은 없나?"

"이번에도 그냥 물어보는 겁니까?"

"심심해서 묻는 거네."

"쳇! 노인네 입심하곤. 전 지금으로써 충분합니다. 다만 로 라는 수영장이 있었으면 하더군요. 바다가 바로 코앞인데 무 슨 수영장이 필요하다고."

문덕길은 투덜대면서도 연신 말대답을 해줬다. 그도 싫지만 은 않은 모양이었다.

"있으면 더 좋지."

"있으면 더 좋다는 거 모르는 사람이 어디 있습니까? 요기 앞마당에 수영장을 만들면 그게 수영장입니까 목욕탕이지. 만 들려면 옆 건물을 사서 늘이는 수밖에 없는데 곧 죽어도 그럴 돈은 없네요."

"돈이 있다면 하겠다는 소리군?"

"왜요? 돈이라도 대주시게요? 됐습니다. 동업은 제 체질이 아닙니다."

"나 역시 동업 체질은 아니지. 그리고 미안하지만 나도 돈이 없네."

"컥! 누가 들으면 어르신한테 제가 돈 꿔달라고 한 줄 알겠습니다. 말투가 꼭 누굴 생각나게 만드는 재주가 있으시군요."

"멋진 사람이겠군."

"싸가지 없는 놈이었죠. 아, 영감님한테 하는 소리 아니니까 새겨듣지 마십시오."

준영은 문덕길이 말하는 '싸가지 없는 놈'이 자신이라는 걸 알았다.

"허허허! 말투를 들으니 꽤 보고 싶나 보군."

"어르신 귀가 많이 어두운… 험, 아닙니다. 제가 그놈을 보고 싶으냐고요? 전혀요. 무엇보다도 녀석은 제가 어디에 있는 줄도 모를 겁니다. 그저 한국을 떠나기 전에 마지막으로 만났던 인연이라 간혹 생각나는 거죠."

"그렇군."

준영은 더 묻지 않았다.

로라가 안주를 사 온 것도 있지만 알고자 하는 건 다 알았기 때문이었다.

그는 맛있는 해산물을 안주 삼아 맥주를 마시다가 방으로 들어갔다.

"파타야로 가서 얼굴을 바꾼 다음 휴가를 보내다가… 섬에서 나오는 가짜와 지난번처럼 바꿀 거야."

아직 오지도 않은 일을 걱정해 봐야 바뀌는 것이 없다는 걸 잘 알고 있었다. 그럼에도 불구하고 이후 일정에 대해 말하는 준영의 목소리는 아쉬움으로 가득했다.

"…같이 있을 때까지만이라도 즐겁게 지내. 응?"

"그래, 이제 가볼까?"

짐을 챙겨 내려가자 문덕길과 카오가 짐을 받아 캐리어에 실어줬다.

문덕길이 능령을 향해 물었다.

"몸은 이제 괜찮으세요?"

"…네."

능령—할머니—의 반응이 아프기 전과 조금 달랐지만 아직 낫지 않아서 그런가 보다 했다.

오늘 떠나는 팀은 능령과 준영밖에 없었기에 바로 해변으로 출발했다.

해변에 도착하자 문덕길은 종이 가방에 든 뭔가를 준영에게 건넸다.

"어르신, 이거… 로라가 준비한 겁니다."

"그러고 보니 아침에 보고 못 봤군 그래"

"아직 이별에 익숙지 않은 아이라……."

"이해하네. 어쨌든 고맙다고 전해주게."

"그러겠습니다. 저기 보트가 도착했네요. 타시죠."

능령을 먼저 보트에 태운 준영은 할 말이 있다는 듯 문덕길을 불렀다.

"뭐 잊으신 거라도 있으세요?"

"그렇다네. 자네에게 줄 게 있다는 걸 잊었어."

준영은 작은 쪽지 하나를 건넸다.

"이게 뭡니까? 통장 번호 같은데……."

"맞네. 통장 번호지. 아마 로라가 원하는 수영장을 만들 수 있을 정도는 될걸세."

"받을 수 없습니다. 왜 이런 호의를 베푸는지 모르겠지만 부담스럽군요."

문덕길은 손사래를 치며 종이 쪽지를 준영에게 건네려고 했다.

"부담 가질 필요 없네. 내가 주는 게 아니라 자네가 말하던 그 싸가지 없는 놈이 주는 거니까."

"네? 싸가지 없는 놈이라면……."

"그래, 자네가 생각하는 사람이 맞을걸세. 그리고 그 사람이 다른 말도 전해달라더군. 약속대로 놀러왔었다고 말일세."

문덕길은 준영의 말을 이해할 수 없었다. 어리둥절하고 있는 사이 준영은 보트에 올랐고 한마디를 더했다.

"다음에 올 땐 닭볶음탕을 부탁하네. 추억의 음식 아닌가? 하하하하!"

"……!"

닭볶음탕이라는 말에 머릿속에서 번쩍하고 떠오르는 게 있었다.

서서히 출발하는 보트에 앉아 손을 흔드는 노인네의 웃음이 참 그놈을 많이 닮아 있었다.

설마 하는 생각도 들었지만 DD와 DDR을 세상에 내놓은 준영에게 변장 정도는 어려울 것 같지 않았다.

그리고 다시 결정적인 말이 준영에게서 들려왔다.

"비밀 지켜주서서 감사해요!"

모터 소리와 파도 소리에 잘못 들었을 수도 있겠지만 노인의 목소리가 아니라 싸가지 없는 놈의 목소리였다.

"이 싸가지 없는 새끼! 어른을 놀리면 재미있냐? 가다가 바다에 빠져 생고생이나 해라!"

목청껏 소리쳤지만 보트는 이미 수평선 끝을 향해 가고 있었다.

"야, 이 나쁜······."

다시 한 번 욕을 하려던 문덕길은 보트가 완전히 사라지자 의미가 없다는 듯 말을 멈췄다.

그리고 조용히 한마디를 중얼거리며 돌아섰다.

"다음에 오면 닭볶음탕 해주마. 꼭 와라."

*   *   *

꿈같이 행복한 시간을 보냈다. 그래서일까, 그 시간은 정말 꿈처럼 짧게 느껴졌다.

한데 이별을 준비하려 할 때 반전이 일어났다.

"너와 함께하고 싶어. 하지만 날 대신하고 있는 여자에게 못할 짓을 하는 것 같아서⋯⋯."

"괜찮아! 그 여자는 사실⋯ 여자가 아니야."

천(天)과 관련된 건 아무리 능령에게라도 말해줄 수가 없었다.

"설마 남자야?"

"으, 응, 그 비슷한 거야."

능령이 준영의 머리를 딱밤으로 때리며 말했다.

"아무리 함께하고 싶다고 해도 거짓말하면 못 써요."

준영은 재빠르게 머리를 굴려 적당한 거짓말을 생각해 내야 했다.

"여러 가지 문제 때문에 많은 돈이 필요한 친구야. 이번 일도 스스로가 자원을 했고. 무엇보다도 혼자 몸은 충분히 지킬 수 있는 능력자이니 너무 걱정하지 않아도 돼."

"진짜?"

능령은 준영이 거짓말을 하고 있는 걸 알고 있었으나 마음 한편에선 사실로 믿고 싶었다.

"정말이야. 직접 통화해서 물어봐도 좋아."

"감시하에 있을 텐데 통화가 가능해?"

"물론이지. 혹시 모를 사태를 대비해 비상 연락망을 갖춰뒀어. 직접 연락해서 물어봐."

천(天)이 알아서 해줄 거라 생각하고 준영은 로봇 능령의 머릿속에 있는 스마트폰으로 전화를 걸었다.

뚜우~ 띠리리링~ 띠리리링~

꽤 여러 번 신호음이 갔지만 받지 않았다.

'제발 받아라.'

간절함이 통했는지 능령이 의심의 눈초리를 보내려는 찰나 연결되었다.

─지금 바쁜데. 왜?

냉랭한 목소리에서 천(天)의 기분이 느껴지는 건 착각일까?

"다름이 아니라 능령이 아예 한국으로 가고 싶다는데 역할을 계속해 줄 수 있는지 물어보려고 전화했어. 난 가능하다고 말했는데……."

준영이 은연중에 말하는 바는 간단했고 천(天)이 알아듣지 못할 리 만무했다.

한데 반응이 시큰둥했다.

─글쎄, 일주일만 부탁하지 않았나?

준영은 능령의 표정을 살피며 빠르게 말을 이었다.

"부탁할게. 그리 힘든 일도 아니잖아? 내가 나중에 보상은 충분히 할게."

─음… 보상은 됐고 나중에 한 가지 소원을 들어준다면 생각해 볼게.

'도대체 무슨 소원을 빌려고!' 라고 묻고 싶었지만 지금은 능령이 있어 곤란했다.

잠깐 생각하던 준영은 미래의 일 따위는 접어두기로 했다.

지금은 능령과 함께 있는 것이 무엇보다도 중요했다.

"오케이. 불가능한 소원만 아니라면 뭐든지."

―약속해?

"…응, 약속해."

―능령 씨가 증인이 되어줄 거죠?

"정말 괜찮겠어요? 들킬 경우 험한 일을 당할 수도 있는 일이에요."

―내 일은 내가 알아서 하죠. 증인이 되어줄 건지 말 것인지만 말해줘요.

"…할게요."

―좋아요. 행복하게 잘 보내요. 경호원 중 한 명이 찾는 것 같으니 이만 끊죠.

천(天)이 전화를 끊자 준영과 능령은 서로를 바라보았다.

약간의 정적.

곧이어 함께 있게 된 것을 기뻐하며 서로를 껴안았다. 그리고 누가 먼저라고 할 것 없이 서로를 탐하기 시작했다.

*　　　*　　　*

준영과 능령이 함께 있게 된 것을 몸으로 기뻐하고 있는 동안 철무한은 지하로 내려가는 엘리베이터에 몸을 싣고 있었다.

"아무 일도 없이 잘 보내고 있다? 능령을 태국으로 보내면 놈이 올 거라고 생각했는데… 어쨌든 한시도 눈을 떼지 말고 감시하다가 놈이 나타나면 처리하게."

전설의 킬러라는 허가량마저 실패했다는 소식을 들었지만 철무한은 포기하지 않았다.

삼합회의 킬러 조직이 무너졌다고 전 세계에 킬러가 없는 것은 아니었다. 그래서 아예 외국의 유명하다는 킬러들을 다수 고용해 준영을 노리고 있었다.

능령을 태국에 보낸 것도 한국에서 성심테크에 틀어박혀 있는 놈을 유인하기 위해서였는데 의외로 나타나지 않았다니 의아했다.

'조만간 나타나겠지.'

철무한은 서두르지 않았다.

킬러 고용 비용 정도야 껌 값에 불과했고 중국인답게 만만디 정신이 있었기에 서서히 도망갈 곳을 없게 만들다 보면 결국 죽일 수 있으리라는 것이 그의 생각이었다.

오늘 중국 내에서도 특별한 이곳을 찾아온 이유도 그런 맥락에서였다.

중화인민공화국 제9 비밀 연구소.

비밀 연구소는 중국 공산당 최고위층 중에서도 선택받은 소수만이 알고 있다는 곳으로, 모두 몇 곳인지, 무엇을 연구하는지를 아는 사람은 열 손가락 정도가 다였다.

철무한도 아버지에게 부탁해 로봇공학과 관련된 제9 비밀 연구소만 방문하게 되었을 뿐 다른 연구소에 대해서는 전혀 몰랐다.

"곧 도착합니다. 누차 말씀드리지만 오늘 본 것은 절대 비밀입니다."

제9 비밀 연구소를 책임지고 있는 리문삼 대좌—우리나라로 치면 준장—가 다시 한 번 비밀을 엄수할 것을 당부했다.

"걱정 마십시오, 대좌님. 아버지께 누가 될 일을 제가 하겠습니까?"

"당연히 그렇겠죠. 하지만 제 직책이 이런 일이니 이해해 주시기 바랍니다."

그에 비해 한참 어린 철무한이었지만 함부로 할 수 있는 상대가 아니었다. 또한 단 하나의 비밀이라도 새나가는 날에는 자신의 목이 가장 먼저 달아나는 일이었기에 조심, 또 조심하는 수밖에 없었다.

"충분히 이해합니다."

건방지기로는 둘째가라면 서러울 준영을 만나 평정심이 깨져 다소 어리바리하게 행동했던 철무한은 얼굴의 상처가 거의 나아가듯이 평정심도 되찾고 있었다.

엘리베이터가 도착하고 문이 열리자 'ㄱ' 자 모양의 복도가 나왔다.

"비밀 연구소라 지키는 병사가 없는 모양입니다?"

복도를 걷던 철무한이 약간의 의문이 생겨 물었다.

"비밀 연구소라 병사가 없는 것이 아니라 필요가 없기 때문에 없는 겁니다. 이 복도가 평범하게 보이겠지만 승인받지 못한 사람에겐 지옥과 같은 곳입니다. 한번 확인해 보겠습니까?"

철무한이 고개를 끄덕이자 그를 데리고 다시 엘리베이터 앞으로 돌아온 리문삼이 외쳤다.

"경계 1단계!"

지잉!

약간의 이명이 들릴 뿐 복도엔 변화가 없었다. 그러나 리문삼이 호주머니에서 동전을 꺼내 던지자 그 동전은 순식간에 여러 조각으로 갈라져 바닥에 떨어졌다.

"레이저입니까?"

"네."

"혹시라도 실수로 발령된다면 큰일 나겠군요."

"아닙니다. 승인된 사람은 아무런 피해가 없습니다. 이렇게 말입니다."

리문삼 대좌는 불쑥 앞으로 나아갔다.

금방 산산조각 날 것이라는 예상과 달리 그는 아무런 이상이 없었다.

"혹 연구소 직원이 인질이 될 수 있을 때를 대비한 것이지요."

"1단계가 있다면 2단계도 있다는 소리군요."

"예, 총 3단계로, 2단계부터는 위급 상황이 아닌 이상 발동시킬 수 있는 것이 아닙니다. 다만 말로 설명만 한다면 2단계는 연구소에서 개발한 로봇들이 방어에 나섭니다. 3단계는 이 복도 자체가 아예 폐쇄되어 버립니다."

"폐쇄라면 혹 폭발물이?"

"맞습니다. 엘리베이터부터 이 복도까지 붕괴됩니다."

"하면 안에 있는 사람들은?"

"당연히 다른 비밀 통로로 무사히 밖으로 나갈 수 있습니다."

비밀 연구소다운 안전장치라 생각하며 왼쪽으로 꺾자 바로 문이 보였다.

인증 절차가 되어 있는지 앞에 서자 문이 열렸다.

바로 연구소가 나타날 것이라 생각했는데 착각이었다. 계단이 있었고 그 계단을 내려가자 엘리베이터 앞에 있던 복도와 비슷한 역(逆) 'ㄱ' 자의 복도가 나타났다.

"이곳도 안전장치가 있겠군요?"

"그렇습니다."

두 번째 복도를 지나 한 번 더 비슷한 복도를 지나고 나서야 비로소 연구소를 볼 수 있었다.

긴 복도에 좌우로 실험실이 있는 구조였는데, 리문삼은 복도를 걸으며 각 실험실에 대해 말해주었다.

"지금 왼편에 보이는 곳이 군사용 전투 로봇을 개발하고 있는 곳입니다."

전투 로봇이라는 말에 걸음을 멈추고 창문을 통해 안을 들여다보았다.

"인간형이 아니군요?"

실험실 안에는 여러 명의 과학자가 매달려 로봇을 만들고 있었는데 완성된 것으로 보이는 로봇들은 한쪽 구석에 서 있었다.

한데 하체는 다리가 여러 개이거나 캐터필러가 달린 모양이었고, 상체는 각종 무기가 달려 있는 상자처럼 생겨 인간과는 한참 거리가 멀어 보였다.

"인간형 전투로봇, 인조인간은 보기엔 좋아보일지 모르지만 전투에 적합하진 않습니다."

철무한이라고 모르는 건 아니었다. 그가 알고 싶은 건 이 비밀 연구소에서 인조인간을 만드는 것이 가능한지를 알고 싶었다.

"그래서 인간형 로봇은 개발하지 않고 있습니까?"

"WRO(World Robot Organization)에서는 인간형 로봇 개발에 대해 엄격한 제약을 규정하고 있습니다. 특히 인간과 구분할 수 없는 로봇을 만들 수 없도록 하고 있습니다."

자신의 질문에 계속 엉뚱한 대답을 하는 리문삼 대좌 모르게 살짝 인상을 구긴 철무한이 차분히 말을 이었다.

"그걸 몰라서 묻는 말이 아닙니다. 인조인간이 전투에는 다소 떨어질지 모르지만 활용도에 따라 전투 로봇보다 더 큰 역할을 할 수 있는 영역이 있습니다. 그걸 대좌님이 모른다고 생각하진 않습니다. 또한 국제 규약이 금지한다고 해서 큰 이익이 될 인조인간을 포기할 대(大)중화공화국이 아니고요."

인조인간 개발 계획은 비밀 연구소에서도 1급에 속하는 연구 분야였다. 하지만 묻지 않았으면 모를까 철무한이 물은 이상 어물쩍 넘어갈 수도 없는 일이었다.

"이쪽으로 오시죠."

인조인간 개발실은 맨 안쪽에 있었다.

"이 모델은 마데—CN38로, 올해 만들어진 것입니다. 거의 완벽한 이족 보행은 물론 손의 움직임도 인간과 거의 유사합니다. 피부는 저희 연구소의 자랑으로써 현존하는 가장 인간에 가까운 물질이라 자부합니다."

"…움직임을 볼 수 있을까요?"

겉모습만으로도 실망하기에 충분했다.

준영이 만들었다고 생각되는 인조인간들은 정말 인간과 구분할 수 없을 정도인데 그에 반해 이상한 이름의 중국 인조인간은 허접하게 보일 정도였다.

하지만 움직임만 괜찮다면 겉모습이야 충분히 개선의 여지가 있을 터.

그러나 리문삼의 명령에 움직이는 마데-CN38을 보는 순간 세계 1위의 경제 대국 중국의 기술이 한낱 소국인 한국의 일개 기업보다 못하다는 걸 알게 되었다.

"인간과 구분할 수 없을 정도의 완벽한 인조인간을 만들려면 어느 정도의 시간이 걸릴 것 같습니까?"

"빠르면 5년에서 10년. 늦으면 20년 정도로 예상하고 있습니다."

준영에게 똑같은 방법으로 복수하려던 생각은 버렸다. 굳이 되지도 않는 일에 매달릴 이유가 없었다.

"혹 누군가를 암살하는 데 좋은 물건이 있습니까?"

"암살이라… 이쪽으로 오시죠."

리문삼이 데리고 간 곳은 흔히 드론이라 불리는 공중을 나는 기계들을 개발하는 곳이었다.

곤충처럼 생긴 것부터 원반처럼 생긴 모양까지 다양한 형태의 기계들이 전시되어 있었고 한쪽에서는 과학자들이 다른 것을 연구하고 있었다.

"이 드론들은 적 염탐, 요인 암살, 주요 기지 폭파 등 다양한 업무를 수행할 수 있도록 만들어진 것들이죠. 작은 것들은 주로 독약을, 다소 크기가 있는 것들은 폭발 물질을 지니고 있습니다."

"이 크기라면 어느 정도의 폭발이 일어납니까?"

철무한이 마음에 드는 것을 발견한 듯 눈을 빛내며 물었다.

"한 마리가 버스 정도는 형체도 없이 날려 버립니다."

"많다면 건물도 충분히 무너뜨릴 수 있겠군요?"

"타격 위치를 잘 노린다면 적은 수로도 충분히 가능합니다."

"그렇군요."

철무한은 준영을 한 방 먹일 생각이 떠올랐는지 한쪽 입꼬리를 올린 채 싸늘하게 미소 지었다.

8장

일본을 향한 경고

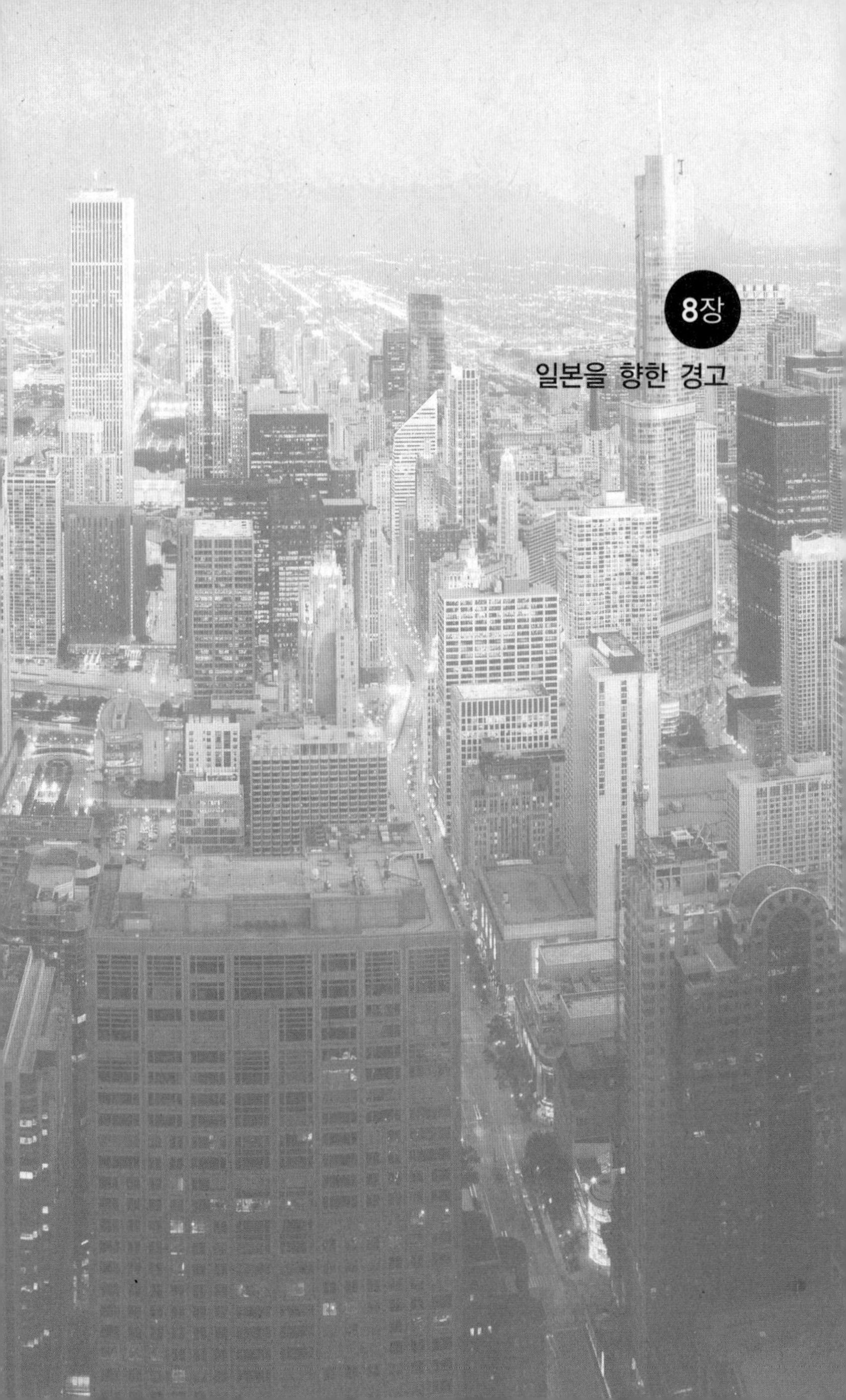

소비가 미덕이 아닌 시대가 된 지 수십 년.

불투명한 미래를 대비하기 위해 모두 허리띠를 졸라매고 있어 내수 경기는 바닥이라 할 만했다.

이때 과거 10년 동안 인턴제를 했었던 수많은 사람들이 갑자기 큰돈을 만지게 되었다.

또한 두연기술을 필두로 대기업에 기술을 빼앗겼던 중소기업들이 소송을 진행하면서 소송 후 받게 될 배상금의 기대감으로 주식시장이 들썩거렸다.

물론 그 돈이 전부 풀리지도 않았고, 중소기업의 주식만 오른 상황이었지만 대기업에 쌓여 있던 돈이 아래로 흐르기 시작했다는 것은 주목할 만한 일이었다.

휴가에서 돌아온 준영은 바로 업무에 복귀했다.

"이놈들은 틈만 나면 꽥꽥대는군."

"누구?"

일을 시작하기 전 신문을 훑어보던 준영이 중얼거리자 언제 나처럼 소파에 앉아 있던 천(天)이 말했다.

능령이 본다면 이상하게 볼 수도 있는 장면이었지만 그녀는 지금 방송국에 출근을 한 상태였다.

유능한 인재인 능령을 집에만 놔둘 수 없었고, 그녀도 일하 기를 원해 방송국을 맡긴 것이다.

"일본 말이야. 내일 일본 총리가 야스쿠니 신사에 가 참배를 하겠대. 정말 사과란 단어를 모르는 짐승보다 못한 놈들이라 니까."

"매년 하는 짓이잖아."

우리나라에서 광복절인 8월 15일은 일본에겐 패전일이었다.

그랬다. 작년에도, 재작년에도 똑같은 짓을 했었다.

하지만 그땐 그저 일개 기업가에 불과했고 지금은 이하민에 게 언제든지 접속할 수 있었다.

한마디 할 수 있는 위치에 있으면 한마디 하고 싶어지는 게 인지상정.

준영은 이하민에게 접속했다.

"비서실장, 일본 대사 청와대로 들어오라고 해."

"내일 있을 야스쿠니 신사 참배 때문에 그러시는 것이면 참 으시는 게 좋을 것 같습니다. 일본이 최근 강경하게 나오는 이유가 미국이 완전히 자신들의 편이라 생각해서가 아니겠습니까? 그러니 우리나라 입장에선 강경하게 나가기가 조금……."

미국과 중국의 패권 싸움이 시작된 지도 이십여 년. 한국은 중국 경제에 대한 의존도가 높아지며 자연스럽게 미국보다는 중국과 가까워졌고, 북한이 개방되며 그 속도는 가속화됐다.

물론 그 기간 동안 미국의 영향을 벗어난 것은 아니었다. 경제는 중국과 가까웠지만 외교적인 부분은 미국과 가까웠었다.

어떻게 보면 중국과 미국의 중간에서 아슬아슬한 줄다리기를 하며 양국에서 이익을 취해왔다고 볼 수 있었다.

한데 이젠 상황이 바뀌었다.

재작년 미국 대통령이 바뀌면서 동아시아 전략 라인이 수정되었는데, 그 라인에서 한국이 제외된 것이다.

갑작스런 미국의 변화에 한국의 지난 정권은 미국의 마음을 돌리기 위해 애를 썼었고 현재의 대미 외교 정책 역시 지난 정권과 다를 바 없었다.

준영은 비서실장인 리충일의 말을 이해했다. 그러나 생각은 달랐다.

미국의 동아시아 전략 라인을 바꾸는 건 안절부절 미국의 눈치를 본다고 해결될 문제가 아니라고 생각했다.

대한민국이 필요한 나라라고 생각한다면 언제든지 다시 정책을 바꿀 미국이었고, 그러기 위해선 대한민국이 그만큼 필요한 존재가 되어야 한다는 뜻이기도 했다.

미국과 맹방일 때도, 아닌 지금도 일본은 언제나 우리나라를 자극하는 일을 해왔었다.

그럴 수 있었던 가장 큰 이유는 미국에 일본이 더 필요한 나라였기에 가능한 일이었다.

즉 당장 일본보다 미국에 더 큰 이익을 줄 수 없다면 가만히 있는다고 해서 미국이 우리나라를 잘 봐줄 거라는 생각은 오산이었다.

"미국의 눈치를 본다고 그들이 동아시아 전략 라인을 변경할 것 같은가?"

"그건 아니지만 그래도 공화당이 다시 집권한다면 그때는 가능하지 않겠습니까?"

"쯧! 중간에서 줄다리기를 잘못하면 양쪽에서 동시에 버림받는 경우가 있다네. 미국에 이어 중국까지 한국을 배제한다면 그땐 어떻게 할 생각인가?"

"그러지 않도록……."

"됐네. 스스로 강해지면 서로 손을 뻗어올 것이 분명한데 왜 그 길을 가지 않으려는지 모르겠군. 그리고 일본 대사를 불렀다고 미국이 우리나라를 적이라고 생각하지는 않을 테니 부르기나 하게."

"…알겠습니다."

리충일이 '사악' 뭐라고 중얼거리며 나갔고 두 시간 뒤 일본 대사와 자리를 같이할 수 있었다.

"불렀다고. 들었습니다, 대통령님. 어쩐 일로 저를 찾으셨는지요?"

뻔히 알고 있으면서도 바쁜 사람 왜 불렀느냐는 식으로 말하는 일본 대사였다.

어떻게 나올지 대충 알고 있었기에 준영은 기분 나쁠 것도 없었다. 그래서 차분하게 자신의 할 말을 했다.

"일본 정부에 정식으로 항의할 것이 있어 불렀소이다."

"항의라 하심은?"

"내일 귀국 총리께서 야스쿠니 신사를 방문해 참배를 한다고 들었소이다. 주변국을 생각한다면 있을 수 없는 일이라 생각하오만."

"매년 해오던 행사인데 새삼스레 언급하시니 당황스럽습니다. 그리고 대통령님이 한국의 현충원을 방문하는 것과 같은 것인데 그걸로 항의를 하신다니 유감스럽습니다."

"나라를 위해 목숨을 바친 분들과 전쟁의 주범들이 같다는 말씀이오?"

"나라에 따라 관점이 다르지 않겠습니까? 월남에 파병되어 전사한 군인이 한국에서는 어떨지 모르지만 베트남 입장에서 본다면 또 다르지 않겠습니까?"

청산유수가 따로 없었다.

기업가로서는 일본 대사처럼 유들유들하게 말할 수 있었지만 예전에도 언급했듯이 일본의 극우 세력에 대해서는 이유 없이 그냥 싫었다.

그래서일까 준영은 기분이 나빠졌고 그 감정이 말투에 배어 나왔다.

"나카무라 대사는 전범들을 귀국의 영웅이라고 말하는 겁니까?"

"전 그런 말을 한 적이 없습니다. 그리고 대통령님의 말씀은 본국에 전달하도록 하겠습니다."

"같은 전범국인데 독일과 어쩜 그리 다를 수 있소이까?"

"독일과 본국은 전혀 다른 나라입니다. 그리고 거의 100년 전의 일을 가지고 아직도 본국을 전범국이라 말씀하시니 유감입니다."

"100년간 제대로 된 사과를 하지 않았으니 이런 말을 하는 거 아니겠소?"

"제가 아는 것만 해도 수십 번 사과를 했습니다. 귀국에서는 진심 어린 사과를 하라고 말하는데 본국에서는 이미 진심 어린 사과를 했다고 생각합니다."

'이런, 쌍!'

더 격한 말이 튀어나오기 전에 말하기를 멈췄지만 마음속으로는 참을 수가 없었다.

또한 나카무라 대사는 지금 하고 있는 일이 요식행위이며 '그래서 너희들이 어쩔 건데' 라는 생각을 가지고 있는 것이 분명했다.

준영은 마음속에 뭔가가 부글거리고 있었지만 꾹 참고 말을 했다.

"결국 주변국은 생각하지 않고 진행하겠다는 소리군요?"

"저야 일개 대사에 불과한데 어찌 알겠습니까. 다만 대통령님의 말씀은 꼭 전달하겠습니다."

"또한 독도에 대해서도 지금까지처럼 입장을 고수하겠다는 생각이고요?"

"이번 일은 다케시마와 연관이 없는 것 같습니다."

결론이 나지 않는 일로 말싸움을 해봐야 유치해질 뿐이었다. 준영은 조금 전보다 훨씬 차분해진 얼굴로 말을 끝맺었다.

"알았소. 내 말을 본국에 잘 전해주시오."

"그러겠습니다. 할 말이 끝나셨으면 이만 일어나 볼까 합니다. 제가 좀 바빠서 말입니다."

고개를 숙였다 펴는 나카무라 대사의 입에 비릿한 웃음을 걸려 있음이 보였다.

의도적인 행위가 분명했다.

퍼억!

나카무라 대사에게 날려 버리고 싶은 주먹이 엄한 모니터를 가격했다.

물론 나카무라 대사가 떠난 후에 한 행동이었다.

"대통령님! 괘, 괜찮으십니까?"

리충일이 수선을 떨며 다가왔지만 준영의 눈은 나카무라 대사가 나간 곳을 응시하고 있었다.

준영의 시선이 리충일에게로 향한 건 잠시 후였다. 그리고 그의 입에서 차가운 명령이 떨어졌다.

"국방 장관을 불러오게. 그리고 군과 관련된 보고를 받을 테니 국정원장에게 말해놓게."

"꿀꺽! 아, 알겠습니다."

리충일은 이하민의 새로운 인격이 나왔음을 알았다. 그리고 그 새로운 인격에 대해 아직까지 확신할 수 없었지만 '사악 이하민'과는 비교도 할 수 없을 만큼 무서울 것 같다는 생각이 들었다.

일본의 8월 15일은 패전일로 일본 우익의 해방구 역할을 해주는 날이었다.

수많은 우익 단체들이 야스쿠니 신사 주변에 모여들어 '천황 폐하 만세'라고 소리치고 있었고, 개중에는 2차 세계대전 당시 일본군이 입던 군복과 모형 총을 들고 열병식을 하듯이 움직이는 이들도 있었다.

또한 각국의 취재진, 특히 한국, 중국 등 일본을 비난하는 국가의 취재진들에겐 욕설과 공격적인 태도를 보였는데 경찰이 막지 않았다면 당장에라도 큰 사고가 일어날 것처럼 우익들의 행동은 과격했다.

"나도 저곳에 갔어야 했는데 말이야."

항공자위대 이등 공위—중위—인 유스케는 TV를 보며 옆에서 책을 읽고 있는 동기인 미우라에게 말했다.

유스케는 우익인 아버지의 영향으로 어린 시절부터 우익적인 성향이 강했는데 군에 들어오기 전에는 극우 단체에서도 열심히 활동을 했었다.

그래서 일본인이 아닌 다른 나라 사람들을 싫어했는데, 특히 한국인을 제일 싫어했다.

그에 반해 미우라는 그저 평범한 일본인으로, 극우파들의 행위를 좋게 생각하지 않고 있었다.

미우라는 책에서 시선도 돌리지 않고 말했다.

"가지 그랬어."

"가고야 싶었지. 한데 삼등 공좌—소령—가 근무를 못 바꾸게 하잖아. 야! 저기 봐. 한국 취재진이 맞고 있어. 하하하하!"

미우라는 시선을 살짝 TV로 돌렸다가 곧 인상을 와락 구겼다.

코피가 터져 피투성이가 된 기자를 보고 웃고 있는 유스케도 마음에 들지 않았지만 그 모습을 TV로 적나라하게 찍어 보여주는 것도 가히 좋은 태도는 아니었다.

평소 유스케가 극우라는 걸 알기에 그저 듣는 편이었던 그가 한마디 했다.

"저게 네가 말하는 우월한 대일본 제국이 할 일이냐?"

"무슨 말이야?"

"우월하다는 건 그만큼 인격적으로도 성숙해야 하는 거 아냐? 저건 일본이라는 나라의 이름에 먹칠을 하는 행위에 불과해."

"야! 말이 심한 거 아냐? 고작 조센징 한 마리 때린 것 가지고 뭘 그리 심각하게 생각해? 남의 나라 영토인 다케시마를 불법 점유하고 있는 것도 모자라 매년 우리가 하는 일에 딴죽을 거는 놈들이잖아."

"억지에 불과해. 내가 객관적으로 볼 때 독도는 한국 땅이 분명해."

"다케시마는 일본 땅이야! 그리고 네 생각인데 어떻게 그게 객관적이 되는 거지? 미우라, 넌 대일본 제국의 자랑스런 자위대가 아닌가?"

"자위대인 건 맞지만 저 모습은 조금 부끄럽다."

"난 자랑스러워! 하등 민족 따위가 감히 불손한 의도를 가지고 뉴스거리 취재를 온 것 자체가 잘못된 거야. 죽어 마땅한 벌을 저 정도로 혼내준 것만 해도 감사해야 할 일이라고."

발끈해 자리를 박차고 일어나는 슈스케를 보며 미우라는 고개를 절레절레 흔들었다.

종교에 빠진 광신도처럼 스스로 깨닫기 전에는 어느 누구의 말도 들리지 않는 법이었다.

"아아, 미안. 내가 한 말은 잊어라."

휴일 날 근무 서는 것도 싫은데 오랫동안 같이 지내야 하는 동기와 싸우기 싫었던 미우라가 사과를 했다.

한데 이글거리는 슈스케의 눈을 피하려 창밖을 보던 미우라는 깜짝 놀라 일어났다.

"미, 미사일 돔이 여, 열리고 있어!"

미우라가 근무하는 부대는 미사일 방어 시스템 중 도쿄 일대를 방어하는 곳이었다.

평소에는 부대 내에 있는 수십 개의 돔같이 생긴 격납고에 보관되어 있었는데, 그 돔들이 일제히 열리고 있었다.

"비, 비상을 걸어!"

두 사람의 근무 목적은 감시였다. 미사일 방어 시스템은 별도의 장소에서 작동하는 것이었기에 그들은 비상 버튼을 누르고 그저 바라볼 수밖에 없었다.

수십 개의 돔이 일제히 열리며 MD 미사일 발사대들이 일제히 모습을 드러냈다. 그리고 발사할 곳을 향해 서서히 방향을 틀었다.

"저 방향이면 도쿄 아냐?"

"…맞아. 서, 설마 발사되겠어?"

슈스케의 말은 씨가 되었다.

퓨슉! 퓨슉슉슉슉슉슉슉슉슉슉슛!

"안 돼!"

미우라와 슈스케가 동시에 외쳤지만 한 기가 발사되는 것을 시작으로 수백 발의 미사일이 앞다퉈 하늘로 솟구쳤다.

장관이었지만 곧이어 일어날 일에 대해 상상하자 몸이 부르르 떨리는 슈스케였다.

＊　　　＊　　　＊

—일본 열도, 미사일 우박을 맞고 침몰할 뻔!

—쑥대밭이 되어버린 야스쿠니 신사!

—일본 총리, 미사일에 직격! 병원으로 옮겨졌으나 사망.

—수백 기의 미사일 폭격에서 극우 세력들만 죽은 이유는 방어 시스템 오류가 아닌 해킹을 통한 범죄?

세계의 이목이 일본으로 쏠렸다.

전 세계 언론들은 1초가 멀다하고 기사들을 토해냈고 한국 또한 다르지 않았다.

그러나 사건을 일으킨 당사자인 준영은 아무렇지도 않은 듯 국방부 장관과 얘기를 나누고 있었다. 아니, 정확하게는 질책을 하고 있었다.

"국민의 혈세가 이렇게 낭비되고 있었는데 장관께서는 뭘 하고 계셨습니까?"

"전 정권에서……."

"고쳤어야지요. 한눈에 봐도 알 수 있는 것들도 수두룩한데 관행이라고 그냥 내버려 두실 생각이었습니까?"

"아, 아닙니다, 대통령님."

국방부 장관은 죽을 맛이었다.

벌써 몇 시간째 각종 서류를 보여주며 질책을 하고 있는 대통령도 대통령이었지만 서류를 봐도 어디가 잘못되었는지 도통 알 수가 없었기 때문이었다.

"장관, 군인들 수통 상태를 보세요."

'이번엔 수통인가?'

하나부터 열까지 제대로 된 것이 없어 보였다. 비정상적인 수통인 납품되었다는 말이 끝난 다음엔 철모에 관한 것으로 이어졌다.

"잠시 쉬었다 하시는 게 어떻습니까, 대통령님. 결재할 서류도 있습니다."

대통령의 잔소리가 파리가 앵앵거리는 소리처럼 들릴 때쯤 비서실장이 들어왔고 그제야 국방 장관은 겨우 한숨을 돌릴 수 있었다.

"그래? 국방 장관은 저녁 먹고 다시 하기로 하지. 밥 먹고 오세요."

"…아, 알겠습니다."

국방 장관이 나간 후 준영은 가볍게 한숨을 내쉬며 물었다.

"휴우~ 무슨 일인가?"

"피곤하시면 국방 장관은 내일 다시 오라고 전하겠습니다."

"그 때문이 아닐세. 편해질만 하니 또 다른 일이 생겨서 그런 것뿐이야."

이해할 수 없는 말이었기에 살짝 갸웃거리던 리충일이 본론을 말했다.

"일본 조문단 편으로 보낼 조문을 작성했습니다."

준영은 리충일이 건네는 조문을 받아 읽어보다가 피식 웃었다.

"그냥 축하한다고 한마디 적으면 될 것을 미사여구를 잔뜩 넣었군."

"국제적 관례에 따라 적은 글입니다. 정말 그렇게 보내시려는 건……?"

"농담과 진담도 구분 못 하나? 마음속으로야 고소하긴 하지만 내색할 수야 없지 않은가? 그저 안타깝고 슬프다는 부분을 그들이 자주 쓰던 '유감스럽다'로 바꿔서 보내게."

"그렇게 하겠습니다."

"참, 일본 대사에게도 짧게 전하게. 유감스럽다고."

준영은 그제 일본 대사와 대화를 마친 뒤 분을 참지 못했었다.

그때 머릿속에 예전에 천(天)이 보여준 로봇 거미들이 떠올랐고 일본 극우 세력을 엿 먹이기로 한 것이다.

원래 계획은 경고용이었다.

그래서 뇌관이 작동하지 않도록 만들었는데, 운 나쁘게도 미사일에 직격당해 일본 총리와 장관들 몇이 죽어버린 것이다.

그 소식을 천(天)에게 들었을 때 너무나 담담하게 받아들이는 자신을 보며 스스로 놀라긴 했지만 그것도 곧 잊을 만큼 중요한 일에 직면했다.

군과 관련된 서류를 보던 중 '방만한 경영'의 정석이 무언지 알게 된 것이다.

납품 금액을 부풀려 사는 건 기본이고, 터무니없는 물건을 엄청난 군사 무기인 양 계약한 건도 있었다.

준영은 고민을 했다.

애초에 경제 부문만 손을 보려 했었는데 일이 자꾸 커져만 가고 있었기 때문이었다.

'희망찬 미래를 꿈꾸는 나라가 되기 위해선 스스로 지켜야 할 힘도 필요하겠지.'

준영은 자신의 행동을 합리화시켰다.

그리고 결국 군사 부문도 손을 대기로 결정을 했다.

결정을 내리자 가장 먼저 생각 드는 것이 어느 선까지 하느냐에 대한 것이었다.

작은 비리까지 철저하게 찾아낸다면 과연 장성들 중에 남아나는 사람이 있을지 의문이었다.

적당한 선을 정하기가 쉽지 않았다.

군의 특수성을 고려할 때 경제적으로 접근했다간 예기치 못한 일이 발생할 수도 있었다.

고민 끝에 내린 결론은 비서실장인 리충일처럼 군의 일을 도맡아 해줄 사람이 필요하다는 것이었다. 그리고 그런 사람이 가까운 곳에 있었다.

"국정원장이 군 출신이었나?"

"예, 육사 출신으로 대령 전역 후 국정원으로 들어갔습니다. 현재 그의 동기들이 2성 장군으로 사단장급에서 근무를 하고 있습니다."

"군에 대해 잘 알겠군. 술이나 한잔하자고 부르게. 참! 그가 좋아하는 건 뭔가? 돈인가, 권력인가? 그것도 아님 명예인가?"

"돈일 겁니다. 대령에서 준장으로 진급하지 못한 이유가 돈 때문이라는 말을 자주 했었습니다."

개혁이 완료되고 개혁을 주도한 인물이 계속 그 자리에 머물면 새로운 비리가 생기게 마련이었다.

국정원장의 퇴직금은 넉넉하게 챙겨줄 생각이었다.

군의 비리를 없애고 국민의 혈세인 국방비가 제대로 쓰이게 한다고 해서 자주국방이 되는 건 아니었다.

결국 필요한 건 기술이었다.

준영은 천(天)이 만든 군사 무기 중 몇 가지를 선택해 방위산업체를 만들 계획을 세웠다.

"이 기술들을 사용할 날이 있을 줄이야 정말 생각지도 못했는데……."

선택한 기술들을 훑어보던 준영이 씁쓸한 표정을 지으며 중얼거렸다.

"그런 자잘한 것들보단 큰 거 하나가 낫지 않아?"

천(天)의 말도 틀리진 않았다.

'우리 건들면 다 죽어!' 라고 말할 수 있는 행성 파괴용 무기를 지니고 있다면 누가 감히 건드릴 수 있겠는가.

하지만 그 무기가 유출이라도 되는 날, 세계는 핵무기 때와는 비교도 안 될 만큼 혼란에 빠질 것이 뻔했다.

"됐네요. 행여나 만들 생각은 절대 하지 마."

"네네."

"그나저나 겨우 방송국을 능령에게 맡겨놓으니 또다시 방위산업체를 만들어야 하네. 정말 이놈의 팔자는 일만 하다가 죽을 팔자인가 봐."

준영은 투덜대면서도 어느새 고글을 쓰고 사업 계획서를 작성하기 시작했다.

"국방부에서 손님 왔어."

사업 계획서가 마무리될 무렵 오늘 만나기로 한 손님이 왔음을 천(天)이 알려줬다.

"부탁한 건 어떻게 됐어?"

"만들어서 야외 수영장에 갖다 놨어."

손님에게 보여줄 장난감을 만들어놨다는 것을 확인한 준영은 천(天)과 함께 손님을 맞이하러 로비로 향했다.

"처음 뵙겠습니다. 성심테크를 책임지고 있는 안준영입니다. 이쪽은 저희 회사 이사이자 과학자인 김하늘 박사입니다."

열 명의 군인 중 계급이 가장 높은 대령에게 인사를 했다.

"시간 내주셔서 감사합니다. 강찬수 대령입니다. 이들은 기술을 검증하기 위해 온 수하들입니다."

준영과 강찬수는 악수를 했다.

준영은 강찬수 대령의 얼굴은 처음 보지만 그에 대해서는 잘 알고 있었다.

천(天)이 자신을 살리기 위해 무인 전투기 삼군 통합 관제 센터의 전투기를 무단으로 사용했는데, 그곳의 실직적인 책임자가 강찬수 대령이었다.

무인 전투기가 멋대로 움직여 도로를 향해 미사일을 쏜 사건은 천(天)의 발 빠른 움직임 때문에 언론에 보도되지 않았지만 군에서는 해킹에 취약한 무인 전투기 사업을 폐기해야 한다는 말이 나올 정도로 심각한 일이었다.

강찬수 대령 또한 불명예제대를 당할 뻔한 일이었지만 이하민으로 분한 천(天)이 사건 자체를 없었던 일로 하면서 무사할 수 있었다.

서로 인사를 나눈 준영은 강찬수 대령과 일행을 야외 수영장으로 안내했다.

"이쪽에 편하게들 앉으십시오."

수영장 옆에는 브리핑할 수 있도록 의자와 장치들이 준비되어 있었다.

"갑작스럽게 국방부의 연락을 받고 준비한 것이라 부족합니다. 이 점, 양해해 주시길 바라며 각자 자리에 놓인 다과를 즐기시면서 김하늘 박사님의 설명을 들어주시면 감사하겠습니다."

삼군 통합 관제 센터에서 성심테크의 '어댑터'에 관심이 있다는 문서를 본 준영은 국방부 장관을 혼낼 때 의도적으로 언급을 했고 그래서 마련된 자리였다.

방위산업체인 성심정밀의 첫걸음은 이렇게 시작되고 있었다.

준영의 말에 천(天)이 앞으로 나서자 집중하라는 말이 없었음에도 군인들의 시선이 일제히 그녀를 향했다.

천(天)은 그들의 시선을 개의치 않고 입을 열었다.

"어댑터를 군사용으로 사용할 수 있느냐는 말을 들었을 때 이제야 비로소 이 기술의 진가를 알아본 국방부의 늦장에 개탄을 금치 못했어요."

시작부터 강력한 발언이었다. 헤벌쭉하고 천(天)의 몸매를 감상하던 군인들의 표정이 일순 굳었지만 그녀의 말은 계속되었다.

"작년 고구려대학의 로봇 경진 대회에서 어댑터는 이미 충분히 가능성을 보였어요. 아마 여러분들도 그때의 일로 어댑 터가 무인 전투기에 적용이 가능할 거라고 생각했을 거예요."

강찬수는 국방부를 비하하는 듯한 천(天)의 말에 기분이 나 쁘긴 했지만 틀린 말이 아니었기에 고개를 끄덕였다.

"긴말하지 않겠어요. 백문이 불여일견이라 했으니 직접 보 는 것이 좋겠죠?"

천(天)은 고글과 글러브―굳이 필요 없지만―를 썼다. 그리 고 손을 움직였다.

쉬이이익!

바람을 가르는 소리와 함께 1미터 정도 길이의 모형 비행기 가 나타나 곡예비행을 시작했다.

하지만 워낙 빠르게 하늘을 날아다녀 어떻게 움직이는지 육 안으로 확인하기가 약간은 곤란했다.

그때 모형 비행기 뒤쪽에서 붉은색 연기가 나왔고 그러자 비행기의 움직임이 선명하게 보였다.

처음 보는 사람들에겐 흥미롭게 보일지 몰라도 강찬수 대령 과 일행의 눈에는 특별할 게 없었다.

천(天)이 보여주고 있는 것은 무선조종기로 장난감 비행기 를 조종하는 것과 다를 바가 없었기 때문이었다.

"그게 답니까?"

강찬수 대령의 목소리는 실망감으로 가득했다.

그러나 천(天)은 대수롭지 않게 그의 말을 받았다.

"한 가지 말하지 않은 게 있어요. 지금 모형 비행기는 제가 쓰는 장비와 같은 주파수로 움직이는 게 아니에요. 각각 다른 무선 인터넷으로 연결되어 있죠."

"아!"

방금 전까지 눈살을 찌푸리고 있던 강찬수는 천(天)의 말에 감탄사를 터뜨렸다.

천(天)이 보여주는 곡예비행의 진면목을 보게 된 것이다.

천(天)의 손 움직임과 비행기의 움직임은 눈으로 식별 불가능할 만큼 차이가 없었는데 같은 주파수를 이용한 단거리 통신이라면 모를까 인터넷을 통해 저렇게 움직인다는 건 불가능에 가까웠다.

"진면목을 알게 된 것 같으니 마지막으로 재미난 것도 보여드리죠."

지금까지 가만히 있던 천(天)의 왼손이 움직였다.

강찬수와 일행은 뭔가 특별한 일이라도 발생할까 모형 비행기를 주목했지만 딱히 변화가 없었다.

한데 수영장 옆에 앉아 있던 군인이 옆에서 뭔가 아른거리는 느낌에 돌아봤다가 무언가를 발견하고 깜짝 놀라 소리쳤다.

"수영장입니다."

강찬수는 김철인 대위의 외침에 수영장을 봤고 이상하게 생긴 잠수함이 떠오르는 걸 볼 수가 있었다.

"무인 잠수함이죠."

"무인 잠수함은 아직까지 불가능한 걸로 알고 있는데……"

전파가 물로 들어가면 여러 주파수별로 굴절을 하게 되므로 제대로 신호를 받을 수가 없었다.

"생각하기에 따라 가능해질 수도 있죠. 어쨌든 지금은 쇼나마저 구경하세요."

천(天)이 보여주는 쇼는 잠수함과 비행기의 전투였다. 잠수함에서 미사일 같은 것을 쏘면 비행기가 피하고 비행기가 공격하면 잠수함은 바다로 숨었다.

화려하진 않지만 누가 이길지 보는 재미는 있었다.

"게임 회사도 가지고 있다더니 참 특이한 취미를 가진 사람 같습니다."

강찬수가 홀린 듯 전투를 지켜보고 있는데 김철인 대위가 금세 지루해졌는지 말을 걸어왔다.

"……."

그러나 강찬수는 말할 정신이 없었다.

그가 비록 과학자는 아니었지만 지금 두 개의 장난감이 보여주는 쇼에 얼마나 대단한 기술들이 숨겨져 있는지 어렴풋이 느끼고 있었다.

9장

드라마

더위가 한풀 꺾인 9월.

아침을 먹던 능령이 뜬금없는 말을 했다.

"예전과 분위기가 많이 다른 거 알아?"

"그래? 어떻게 다른데?"

"글쎄? 꼭 짚어 말하긴 어려운데 좋게 말하자면 어른스러워 졌다고 해야 하나."

"나쁘게 말하면?"

"마치 뭔가에 쫓기는 사람 마냥 여유가 없어 보여."

"일이 많아서 그럴 거야."

대수롭지 않게 말하고 넘겼지만 준영도 사고 이후로 자신이 많이 바뀌었음을 느끼고 있었다.

능령의 말처럼 쫓기는 기분은 아니지만 대한민국을 위해 뭔가를 해내야 한다고 강박관념을 가지고 있는 듯했다.

평소의 이기적인 성격은 어디로 갔는지 장고 끝에 희망찬 나라를 만들자고 결심한 것이 무색할 정도로 전력을 다하고 있으니 정상은 아니었다.

'정신과에 가 봐야겠어.'

오늘은 일이 있어 힘들었지만 조만간 꼭 가볼 생각이었다.

"갈까?"

사실상 방송국을 만든 이유인 새로운 방식의 드라마를 찍는 날이었기에 능령과 함께 참석하기로 했다.

"하늘 씨는 같이 안 가?"

능령과 천(天)의 관계는 꽤 미묘했는데, 능령은 하늘을 준영의 친누나라고 생각하며 대하고 있었다.

"가 봐야 할 일도 없다며 사무실에 있겠대. 한데 바뀐 얼굴 때문에 불편하지 않아?"

"할머니에 비하면 훨씬 나아."

능령은 30대 후반의 평범한 얼굴을 가진 커리어 우먼으로 생활하고 있었다.

"내 눈에도 그렇게 보여."

준영은 은근히 말하며 능령의 허벅지에 손을 올렸다.

찰싹!

능령의 손은 매서웠다. 아니, 손보다 더 무서운 것은 운전석을 흘낏 본 후 이어지는 눈빛이었다.

"네 취향이 혹시 이런 쪽이라면 미리 말해줬으면 좋겠어. 내가 조용히 떠나줄 테니까."

"미안."

재빨리 손을 빼며 사과했다. 준영에겐 운전기사가 로봇으로 보였지만 능령에겐 사람으로 보였을 것이다.

약간의 어색함이 차 안에 맴돌았다. 그때 능령은 너무 냉정하게 말한 것이 마음에 걸렸음인지 귓속말로 속삭였다.

"저녁에 잘해줄게."

능령은 말해놓고도 부끄러운지 차창으로 시선을 돌렸다. 그녀는 의외로 밀당의 고수였다.

수자원 공사로부터 부지와 건물을 매입했을 때 두 개의 건물이 있었다. 하나는 사무용 건물이었고 다른 하나는 상수원 확보를 위해 만들어놓은 시설이었는데 촬영장은 그곳에 만들어졌다.

사무용 건물의 리모델링은 금방 끝났지만 촬영장 건물은 며칠 전에야 리모델링이 끝났는데, 준영도 처음 와보는 곳이었다.

차가 촬영장 건물 앞에 서자 오미란 비서가 기다리고 있었다.

"오셨습니까?"

"잘 지냈죠?"

"갑자기 사장님이 바뀌셔서 놀라긴 했지만 지금은 잘 지내고 있습니다."

빙긋 웃으며 말하는 오미란 비서의 말에는 약간의 뼈가 있었다.

오미란 비서는 공영 방송국에서 여자라는 이유로 능력을 제대로 인정받지 못하고 있던 사람이었다.

그래서 준영은 그녀의 능력을 보고 차기 방송국을 맡길 인재로 생각해 스카우트를 했다. 그리고 책임감을 가지고 빨리 방송국을 맡을 능력을 키우라는 의미에서 그 사실을 숨기지 않고 말을 했었다.

한데 뜬금없이 능령이 사장으로 내려왔으니 속으로 얼마나 배신감을 느꼈겠는가.

그러나 짧은 기간 동안 마음을 다잡았는지 그녀의 말은 농담에 가까웠다.

"하하! 제니퍼—방송국에서 능령의 이름은 제니퍼 진이었다— 사장은 제 역할을 대신하기 위해 온 겁니다. 즉 제가 했던 약속은 여전히 유효하다는 거죠."

"이미 그런 생각은 버렸습니다. 제니퍼 사장님을 보고 제가 얼마나 부족한지 알게 되었습니다. 오랫동안 모시면서 많이 배웠으면 하는 게 제 바람입니다."

속마음을 들여다보는 능력은 없었지만 오미란 비서의 말은 진심으로 느껴졌다.

하지만 능령은 방송국만 맡기기엔 아까운 인재였다.

"배울 것이 있다면 빨리 배우세요. 제니퍼 사장을 이곳에 오래 둘 수 없거든요."

"최선을 다하겠습니다."

"자, 그 얘기는 나중에 하기로 하고 일단 촬영장부터 구경하기로 하죠."

"제가 안내하겠습니다."

준영과 능령은 오미란의 안내로 드라마를 찍고 있는 촬영장으로 향했다.

5년 전만 하더라도 채널을 돌리면 얼굴이 나왔을 정도로 바쁘게 보냈던 차천식은 어느 조연 배우들처럼 인기가 시들해지자 지난 일 년 동안 이렇다 할 출연 제의를 받지 못하고 있었다.

그때 신생 방송국에서 드라마 제의가 들어왔다.

2010년을 배경으로 한 청춘 멜로물로, 주인공 중 한 명의 아버지 역할이라 비중도 작지 않았고 출연료도 생각보다 많았기에 두말하지 않고 출연 제의를 허락했다.

한데 허락을 하고 대본을 받아 읽어보던 차천식은 드라마가 망할 것이라는 느낌을 강하게 받았다.

요즘 유행하는 드라마와 달리 보여주려는 장면이 너무 많았기 때문이었다.

짧게 보여주고 끝내야 할 수영장 장면이나 아름다운 꽃비가 내리는 벚꽃 길을 걷는 장면 따위가 길어도 너무 길었다.

게다가 감독도, 작가도, 주인공도 모두 신인이었다.

그나마 다행인 점은 조연 배우들을 모두 베테랑으로 썼다는 정도였다.

'휴우~ 나라도 열심히 하는 수밖에.'

대부분의 배우는 자신이 출연하는 드라마가 성공하길 바란다. 특히나 차천식은 간만에 출연하는 드라마라 그 마음이 더욱 강했다.

첫 대본 리딩은 분위기가 좋았다.

주인공 역할을 맡은 신인 배우들의 연기도 괜찮았고 무엇보다도 감독이 배우들의 말에 귀를 기울이고 개선하려는 모습을 보였다.

"첫 촬영일은 9월 10일입니다. 모두 이 장소로 오시면 됩니다."

젊은 신인 감독—웃기게도 직위가 국장이었다—이 건넨 주소를 받아든 차천식은 고개를 갸웃거렸다.

배경이 서울이었고, 2010년도 분위기가 나는 장소도 서울에 제법 있었다. 한데 서울에서 두 시간이나 떨어진 가평으로 오라니 이상할 수밖에.

게다가 대본을 보면 대부분 야외 장면이 많았다.

이유를 물어볼까 하던 그는 곧 그 생각을 접었다. 장소를 정하는 건 제작진의 권한이라는 생각 때문이었다.

9월 10일, 차천식은 일찍 출발해 촬영 시간보다 한 시간 일찍 도착했다.

"차 선생님, 오셨어요. 제가 대기실까지 안내해 드리겠습니다."

주차장 근처에서 대기하고 있던 스태프를 따라 건물로 들어서자 신생 방송국치곤 꽤 멋지게 꾸며놨다는 생각이 들었다.

"오늘은 야외촬영이 없나?"

젊어 보이는 친구였기에 차천식은 반말로 물었다.

"모두 이곳에서 이루어지는 걸로 알고 있습니다."

"실내 신(scene)은 얼마 없을 텐데?"

"제가 알기론 야외 신도 모두 이곳에서 이루어진다고 했습니다. 저야 그냥 그런가 보다 하는 처지라……."

야외 신도 실내에서 찍고 컴퓨터 그래픽 작업을 하는 경우가 있었다. 물론 제작비가 많이 든다는 단점이 있었지만 말이다.

그는 자세히 모르는 스태프에게 더 묻기도 미안했기에 말없이 대기실로 따라갔다.

"좋군."

대기실에 대한 첫 감상이었다. 편안해 보이는 소파와 먹을거리들이 놓여 있었고 한쪽에는 침실도 마련되어 있었다.

"여기서 기다리시면 곧 스타일리스트가 올 겁니다."

스태프가 나가자 준비되어 있는 커피를 한 잔 따라 소파에 앉았다. 그리고 대본을 꺼냈다.

배우는 기다림의 직업이었다.

주연배우나 원로 배우가 아닌 이상 촬영 시간보다 기다리는 시간이 더 많았고, 어떤 때는 한 컷을 위해 하루 종일 기다리는 것도 다반사였다.

"형님, 일찍 오셨네요?"

10분 정도 지나자 같이 캐스팅된 후배 배우가 반갑게 인사를 하며 들어왔다.

"나야 늘 그렇지. 근데 넌 웬일로 일찍 왔냐?"

후배 배우도 한때 명품 배우로 브라운관과 스크린을 오가며 활약하던 때가 있던 이였다. 나이 차이도 두 살밖에 나지 않아 제법 친하게 지냈는데 언제나 칼같이 오는 자신에 비해 촬영할 때쯤 와 촬영이 끝나면 쏜살같이 사라지는 스타일이었다.

"첫날이잖아요. 촬영장 분위기를 보고 어느 정도 늦장을 부려도 될지 판가름을 해야죠. 하하."

"여전하구나."

"형님도 여전하신데요, 뭘."

"그건 그렇고, 요즘 일거리는 좀 있냐?"

"올해 이게 두 편쨉니다. 굶어 죽기 일보 직전이죠. 형님은요?"

"나는 첫 번째다."

"쩝! 저보다 더하시군요."

첫 리딩 때도 긴 얘기를 하지 못했기에 오랜만에 후배와 즐겁게 대화를 나누는 차천식이었다.

촬영 시간이 다가오자 사람들이 하나둘 대기실로 들어왔다. 그리고 잠시 후 스타일리스트들이 들어왔다.

그들의 손에는 녹색으로 된 옷이 한 아름 안겨져 있었다.

"이 옷을 입으라고?"

양복처럼 생긴 옷을 받아 든 차천식이 묘한 표정을 지으며 스타일리스트에게 물었다.

"네, 그리고 한 시간 안에 촬영 들어간다고 했으니 얼른 갈 아입고 나오세요. 분장해 드릴게요."

베테랑인 그가 촬영장에서 NG가 아닌 일로 당황해 본 건 정말 오랜만이었다.

다른 배우들도 차천식과 비슷했다. 어리둥절해하며 옷을 갈아입었고 분장을 했다.

분장이라고 했지만 그저 가벼운 화장에 불과했다.

"자, 모두 촬영장으로 이동하겠습니다."

"우리 모두?"

도착했을 때 안내했었던 스태프가 문을 열며 말했다.

"예, 모두 오시랍니다."

'어떻게 돌아가는 일이냐' 고 중얼거리는 배우들이 있었지만 어쨌거나 스태프의 뒤를 따랐다. 따르다 보니 다른 대기실에 있던 여배우들과 만나게 되었다.

여배우들도 남자 배우들처럼 단색의 옷을 입고 있었는데 색깔만 다를 뿐이었다.

"이게 대체 무슨 일이래?"

차천식과 친한 선배 여배우가 천식의 옆에 붙으며 말했다. 그녀가 이번 드라마에서 자신의 부인 역할을 할 배우였다.

"그러게나 말입니다. 촬영에 앞서 케이크 절단식이라도 할 모양인가 보죠."

타당하다고 생각했는지 여배우는 물론 주변에 따르던 이들도 고개를 끄덕이며 촬영장으로 향했다.

"여기가 촬영장이라고?"

누군가가 차천식의 말을 대신 뱉었다.

지붕은 낮았지만 넓은 강당처럼 생긴 곳이었다.

한쪽에는 스태프들이 단색의 의자나 테이블 따위를 옮기고 있었고 그들의 맞은편에는 여러 개의 칸막이로 이루어진 방이 준비되어 있었다.

가장 황당한 점은 천장이며 벽이며 모든 것이 하얀색이라는 것이었다.

"이봐요, 백 감독님. 저희랑 장난하자는 건 아닐 테고 지금 이 상황을 설명해 줘야 하는 거 아니에요?"

가장 연장자인 여배우가 약간 날이 선 목소리로 드라마 PD 인 백연호에게 물었다.

"하하하! 좀 어리둥절하시죠? 일단 모두들 자리에 앉으시겠 어요?"

백연호가 권하는 의자 역시 하얀색이었다.

"웃음이 나와요? 드라마를 찍자더니 이런 옷을 입혀놓고 이 런 장소로 데려오는 법이 어디에 있어요?"

"옷이 마음에 안 드셨군요? 그럼 바꿔 드려야죠."

"백 감독! 내 말은 그게……!"

여배우는 백연호의 태도에 정말 화가 나 소리를 지르려고 했다. 한데 그 순간 배우들이 입고 있던 옷들이 2010년대에 유 행했던 옷들로 바뀌었다.

"이, 이게 뭡니까?"

차천식은 짙은 남색의 양복으로 바뀐 자신의 옷을 이리저리 살펴보다 물었다.

"하하하! 바로 이 촬영장에 그 비밀이 있죠. 오늘 찍을 곳이 2010년도의 서울이죠? 오전 11시, 남산에서 당시의 서울을 보시겠어요?"

"……!"

손에 글러브를 낀 백연호가 공중에서 뭔가를 조작하자 하얀색이었던 촬영장 전체가 순식간에 서울의 모습으로 바뀌었다.

"맙소사!"

차천식은 주변을 돌아보며 놀랄 수밖에 없었다.

자신은 어느새 남산에 있는 의자에 앉아 있었는데, 바로 옆에 하늘을 가리는 나무가 우뚝 솟아 그늘을 만들어주고 있었다.

모든 환경이 남산의 모습과 일치했다.

손을 뻗어 나무를 만지려는데 통과하는 것만 제외한다면 말이다.

"장소에 구애받을 필요가 없는 촬영장입니다. 카메라도 굳이 필요가 없습니다. 숨어 있는 카메라가 여러분을 360도로 지금도 촬영하고 있으니까요. 또한 앞에 보이는 방마다 다른 환경을 만들 수 있습니다. 즉 한쪽에서는 낮 촬영을, 다른 한쪽에서는 밤 촬영을 할 수 있다는 말입니다. 아! 물론 연기에 필요한 물건들은 실제로 있어야겠죠."

백연호의 설명이 이어졌지만 차천식과 다른 배우들은 적응하기가 쉽지 않은 듯 한참 주변을 두리번거렸다.

"배우들이라 그런지 금방 적응을 하는군요."

촬영장이 아래로 보이는 사무실에서 구경을 하던 능령이 사무적인 말투로 말했다.

그녀의 말처럼 처음엔 그래픽으로 보여지는 문을 열거나 할 때 어색했는데 금세 아무렇지도 않게 연기를 해내고 있었다.

신기한 장면도 계속 보면 질리게 마련. 시계를 보니 점심 시간이 가까웠다.

"같이 식사나 하는 게 어떻습니까, 제니퍼 사장."

"회장님과 식사를 하고 싶어 하는 사람이 있으니 다음으로 미루겠습니다."

"누가?"

능령이 가리키는 곳을 보자 백연호가 방이 있는 곳을 향해 손짓 발짓을 하고 있었다.

한데 아무리 봐도 자신과 밥 먹자는 제스처와는 거리가 멀었다.

"신기하군요. 제 눈에는 전혀 그렇게 보이지 않는데 말입니다."

"백 국장이 오늘 회장님이 온다는 얘길 듣고 저한테 미리 언질을 줬습니다."

"그러고 보니 이해가 되는군요."

백연호의 제스처는 자신이 부탁한 것이 어떻게 되었냐고 묻는 것 같았다.

결국 백연호와 같이 점심을 먹게 되었다.

"하하하! 어떻게 보셨습니까? 아차! 회장님은 이미 알고 계셨을 테니 놀라지 않았겠군요?"

백연호는 기분이 좋은 듯 목소리가 들떠 있었다.

"기분이 좋은가 봅니다?"

"방송의 패러다임은 물론 제작의 패러다임을 바꾸게 될 드라마를 최초로 만들게 되었으니 당연히 기쁠 수밖에요. 게다가 드라마 두 편을 만드는 데 하루밖에 걸리지 않는다는 걸 안다면 다른 방송국에서 이곳을 빌려달라고 난리를 칠 겁니다."

평소 말하는 것조차 귀찮아 하던 사람이 가만 놔두면 밤을 새울 기세로 떠들었다.

준영은 백연호의 천재성을 인정했고 회사에 들어온 뒤로 친구의 오빠라는 점을 내세우지 않은 점을 높이 평가했지만 수다는 싫었다.

"한데 절 보자고 했다는데 무슨 일이십니까?"

"다름이 아니라 지금 만드는 드라마 말고 영화나 다른 걸 만들고 싶습니다."

"방송국의 권한은 제니퍼 사장에게 있습니다."

"사장님은 회장님께 여쭈어보라고 했습니다."

"그렇군요. 한데 더 찍을 여유가 되겠어요? 제 생각에는 끝내고 하는 편이 더 좋을 것 같은데요."

"모르시는 것 같지는 않은데… 모른 척하시는 겁니까?"

백연호는 지금까지 들떠 있던 분위기와 달리 다소 정색을 하며 물어왔다.

물론 준영은 그가 묻는 바에 대해 잘 알고 있었다.

지금 만들어진 촬영장은 사실 그 자체만으로 영화, 드라마, 심지어 애니메이션까지 만들 수 있는 공간이었다. 그저 인간 대신 홀로그램으로 된 캐릭터만 만들어 움직이게 해주고 편집만 하면 끝이었다.

하지만 이 일이 시작되는 건 퓨텍이 움직이고 나서부터였다.

"아직은 안 됩니다. 그러니 딴생각 마시고 지금 찍는 드라마부터 잘 찍어주세요."

"아직은 안 된다라… 때를 기다리는 모양이군요. 대충 무엇을 걱정하는지 알 것 같습니다."

"머리가 좋은 분이라 금방 이해를 하시는군요. 그럼 식사나 하죠."

준영은 끝내려 했지만 백연호는 끝이 아니었다.

"영화나 드라마는 안 되겠지만 애니메이션은 괜찮지 않을까요?"

"그렇게 일을 하고 싶으십니까?"

"당연하죠. 이런 기회가 아니면 언제 제가 원하는 걸 마음대로 해보겠습니까?"

말린다고 들을 사람도 아니었고 애니메이션을 만든다고 손해 볼 일은 없었다. 한 가지만 약속해 준다면 말이다.

"비밀을 지켜주신다면 원하는 대로 하셔도 됩니다."

비밀 엄수라는 말에 백연호의 낯빛이 살짝 바뀌었다. 그에 준영의 얼굴도 굳었다.

"실망이군요. 직장인이라면 자신이 하는 일에 대해 비밀 엄수는 기본 아닌가요?"

"그게… 연화, 고 기집애가 하도 물어서 살짝 언급만 했습니다. 정말입니다! 이런저런 방송이 나갈 거라는 얘기뿐이었습니다."

백연화라면 궁금한 건 참지 못하는 성격이라 어느 정도 이해가 되기도 했고, 어차피 방송이 시작되면 밝혀질 일이라 생각하니 약간 누그러졌다.

"배우가 필요 없다는 건……."

"연화랑 인연을 끊는 한이 있더라도 비밀을 지키겠습니다."

"한번 믿어보겠습니다. 그리고 연화에게도 다른 곳으로 말 옮기지 말라고 해주세요."

백연호가 친구의 오빠라는 점을 완전히 무시할 수 없었기에 다짐을 받아두는 걸로 일단락했다.

9월은 군대에 있어서 잔인한 달이었다.

연일 터지는 비리에 별들은 우수수 떨어졌고 관련된 정치인 네 명도 검찰의 수사를 받게 되었다.

이하민 정권은 빠르고 단호했다.

비리를 저지른 사람들에게는 거액의 추징금을 부과했고 지금까지완 달리 중형을 선고했다.

또한 2006년 국방부 조달본부를 대신해 신설되었던 방위사

업청은 군수품 조달 과정을 투명화하고 업무의 효율을 높이겠다는 본래의 취지를 살리지 못했기에 결국 해체되었다. 그에 국방비 전체를 관리 감독하는 국방재무청이 신설될 예정이었다.

이름만 바뀌는 것뿐이라고 비아냥대는 목소리가 높았지만 어느 정부와 괘를 달리하는 이하민 정부가 추진한다는 점에서 국민들은 은연중에 기대를 하고 있었다.

그리고 10월이 왔다.

나름 신경 써서 준비를 했지만 알아주는 이들이 거의 없는 개국식을 마치고 드디어 첫 방송이 시작되었다.

"0.1퍼센트라……."

기대가 크면 실망도 큰 법.

첫날 시청률 표를 보며 중얼거리는 준영의 목소리는 복잡한 감정을 싣고 있었다.

방송 3사의 경우 10퍼센트만 넘어가도 대박이라고 말하고, 케이블TV의 경우는 1퍼센트만 넘어가도 나쁘지 않다고 말하는 시대였다.

그러니 개국한 첫날 시청률이 0.1퍼센트면 나쁘다고만 할 수는 없었다.

"시청률 조사 기관 내부 문건을 살짝 봤는데 0.1퍼센트는 그래프에 아주 미세한 변화가 있을 때 통상적으로 주는 수치라고 되어 있더라."

천(天)은 정확한 정보를 말해준 것이겠지만 준영에게는 찢어진 가슴에 소금을 뿌리는 행위였다.

"그럼 0.01퍼센트는?"

묻지 않아도 대답은 이미 정해져 있었다. 하지만 방송사 대주주 입장에서 묻지 않을 수 없었다.

"0퍼센트라는 말이지."

물론 완벽한 0퍼센트는 아닐 것이다. 왜냐하면 준영이 하루 종일 성심방송(SSC)를 틀어놨기 때문이다.

준영은 천(天)의 말을 듣고 다시 시청률 표를 봤다.

드라마가 0.1퍼센트라고 적힌 걸 제외하곤 모조리 0.01퍼센트였다.

시청률 표를 부욱 찢어 던져 버린 준영은 천(天)의 맞은편 소파에 앉으며 말했다.

"지난번에 하려던 시청률 올리는 방법에 대해서 자세히 얘기해 줘."

준영은 딱히 정정당당을 고집하지 않았다. 오히려 각종 편법을 써서라도 이기고 보는 편이었다.

하지만 그건 기업 간의 전쟁에서 하던 행동이었다.

그래서 천(天)이 시청률을 조금이라도 더 올릴 수 있다고 했을 때 굳이 시청률 부분까지 자신이 나서야 할 필요가 있을까 싶어 거절을 했었다.

그러나 이젠 사정이 바뀌었다.

영화계와 방송계의 판도를 바꿀 것이라 장담했었는데 결과물이 0.1퍼센트의 시청률이라니 자존심이 용납하지 않았다.

"포털 사이트 실시간 검색어에 오르게 만드는 거야, 예전에

앱 게임 때처럼. 잠깐이지만 방송국 이름과 드라마에 대해선 확실하게 사람들의 뇌리에 남게 만들 수 있을 거야."

천(天)의 말은 결국 광고를 하자는 얘기였다.

광고로 먹고사는 방송사가 광고를 해야 한다니 아이러니했지만 시청률을 올리기로 마음먹은 이상 이런저런 것을 따질 때가 아니었다.

"지금 당장 해줘?"

천(天)이라면 실시간 검색어에 단번에 방송국 이름과 드라마 이름을 올릴 수 있을 것이다.

효과가 확실하긴 하겠지만 기본적인 베이스가 없다면 올라간 속도만큼 빠르게 내려올 것이 분명했다.

"조금만 기다려. 실시간 검색 순위에 올라 사람들이 클릭했을 때 시선을 붙잡을 것이 필요하니까."

준영은 생각에 빠졌다.

타 방송사에 광고를 할 생각도 들었지만 그건 자존심이 더 상하는 일이라 떠오름과 동시에 지워 버렸다.

'입소문을 타게 만들어야 해.'

한때 블로그라는 것이 엄청 유행했었다.

처음엔 순순하게 입소문 형태로 많은 사람들의 주목을 받았지만 파워블로거들이 생기고 그들이 돈을 받고 글을 써줌으로써 사람들의 머릿속에 '상업적 광고'라고 인식되어 버렸다.

결국 쓸쓸히 역사의 저편으로 사라져 버렸지만 입소문의 힘을 보여준 대표적인 사례였다.

'입소문은 누가 뭐라 해도 연예인의 힘이 가장 크지.'

미인 여배우가 언급한 화장품이 다음 날 바로 매진이 될 만큼 그들의 힘은 컸다.

준영도 아는 연예인들이 조금 있었다.

스캔들 기사가 나면서 젊은 여자 연예인들과 연락이 끊기긴 했지만 아직까지 꾸준히 관계를 유지하는 이들도 있었다.

가장 대표적인 이들이 하트홀릭이었는데 그제 있었던 방송국 개국식에도 참석했었다.

준영은 바로 하트홀릭의 리더인 서창욱에게 전화를 걸었다.

"형, 그제 고생했어요."

―고생은… 그나저나 뭔 돈을 그렇게 넣었냐? 이젠 우리도 예전의 하트홀릭이 아냐, 임마! 나름 꽤 돈을 벌고 있다고.

서창욱이 말한 것처럼 이제 하트홀릭은 슈퍼스타는 아니지만 스타라고 불릴 정도로 제법 유명했다.

그러나 나름 돈을 벌고 있다는 것은 맞는 말이지만 번 돈을 언더그라운드에서 활동하는 후배들에게 사용하고 있었기에 돈을 모으지는 못하고 있었다.

그걸 알기에 행사료 말고 기름 값이나 하라고 적당히 챙겨 준 것이다.

"제가 준 건가요~ 방송국이 준 거지."

이젠 재벌이라고 불러도 손색이 없는 준영이었지만 하트홀릭과 얘기를 하다 보면 이 현실 세계에 처음 떨어졌을 당시의 준영으로 돌아갔다.

─그 돈이 그 돈이지. 어쨌든 방송국이 대박 나서 앞으로 우리도 자주 불러다오.

"그럴게요. 근데 부탁이 있어요."

─살다 보니 네가 부탁하는 경우도 있구나. 뭔데?

준영은 자신이 생각한 것을 말해주었다.

─그러니까 방송 중에 살짝 언급하라는 얘기지?

"네, 그냥 이런저런 드라마를 봤는데 재미있었다는 정도면 돼요."

─다른 애들한테도 말해놓을 테니 걱정 마. 그나저나 세상에 그런 기능이 있어? 지금 당장 기계 사서 달고 봐야겠다.

"직접 보고 말하는 게 훨씬 좋겠죠. 어쨌거나 잘 부탁드려요. 그리고 이건 팬으로서 하는 말인데 요즘 콘서트는 안 해요?"

─그러게 말이다. 전국 순회공연이라도 한번 해야 하는데 다들 방송하느라 바쁘다 보니 자꾸 미뤄지네. 조만간 얘기해보고 해야지.

"스폰서 필요하면 말해요."

─이젠 내 순결까지 뺏을 생각이냐? 됐다. 소속사가 있는데 스폰서는 무슨… 참! 민영이가 자기는 개국식 때 왜 안 불렀냐고 난리더라.

안민영은 작은아버지의 딸로 하트홀릭의 소속사인 KYT와 작년에 계약을 맺었다.

"쩝! 추석 때 정강이 몇 번 차이겠네요."

─큭큭! 하긴 민영이, 개 발이 맵긴 하더라.

시시껄렁한 얘기로 한참을 떠들다 통화를 끝낸 준영은 다시 다른 곳에 전화를 걸었다.

―형, 그동안 잘 지내셨어요?

오랜만에 건 전화였는데 상대는 반갑게 받아주었다.

"그래, 너희는 지금 어디냐?"

―한류 콘서트 때문에 중국에 있어요.

"다녀온 다음 밥이나 한번 먹자. 형이 전화한 이유는 다른 게 아니고……."

준영은 서창욱에게 했던 말을 아시아에서 큰 인기를 누리고 있는 MoB의 멤버에게 그대로 반복했다. 그리고 이날 준영은 많은 곳에 전화를 했는데 과연 계획대로 될지는 두고 볼 일이었다.

전업주부인 이영희는 새벽 5시에 일어나 출근할 남편과 등교할 딸아이를 위해 아침을 준비했다.

"조심히 다녀오렴."

"…다녀올게요."

올해 고등학교 2학년인 딸아이는 밥을 먹는 듯 마는 듯 몇 술 뜨지도 않고 식사를 마쳤다. 그리고 졸음이 가득한 얼굴로 반쯤 졸며 집을 나섰다.

엘리베이터로 사라지는 딸의 뒷모습을 바라보던 이영희는 다시 부리나케 부엌으로 향했다.

이번엔 남편의 아침을 차려줄 차례였다.

"당신, 이제 몸에 신경 좀 써요. 제발 그놈의 술도 적당히 마시고요."

"내가 먹고 싶어서 먹나? 일 때문에 먹는 거지. 그나저나 문혁이는 집에 들어왔어?"

문혁은 대학생 아들로 요즘 뭘 하고 다니는지 외박하는 경우가 많았는데 어제도 들어오지 않았다.

"남잔데 무슨 일이야 있으려고요."

"이 사람이… 남자고 여자고 뭐가 문제야? 애라도 데리고 오면 그때야 후회할 텐가?"

"결혼 안 한다고 하는 것보다는 낫죠."

"…생각해 보니 그건 그렇군."

김철수는 김해 김씨 가문의 종손이었다.

"오늘도 늦어요?"

"아마도."

"술 적당히 마셔요."

관계 개선을 위해 태국에 여행도 다녀왔지만 그때뿐이지 딱히 변한 건 없었다.

하루에 하는 얘기라고 해 봐야 고작 건강과 애들에 대한 얘기였고 그마저도 못 하는 경우가 허다했다.

남편까지 출근시킨 이영희는 그녀의 유일한 취미인 TV를 틀었다.

그녀가 가장 좋아하는 TV 프로그램은 드라마였다.

아침 드라마부터 시작해서 케이블 드라마, 다시 보기, 재방까지 보다 보면 하루 종일 드라마에 빠져 있을 수 있었다.

간혹 아줌마들이 드라마를 보는 이유에 대해 의학적으로, 때론 철학적으로 분석하는 경우가 많았는데 다 쓸데없는 소리였다.

그녀가 드라마를 보는 이유는 감정이입을 해서 보다 보면 시간이 잘 간다는 점 때문이었다.

빨래를 개면서 보고, 청소하면서 보고, 다리미질하면서 보고…

여자들이 멀티태스킹을 잘한다는 말을 그녀는 유감없이 보여주고 있었다.

"오늘은 재미있는 게 안 하네."

저녁을 준비하면서 이리저리 채널을 돌리던 이영희는 재미있는 드라마가 없자 간혹 보는 예능 프로그램을 틀어놓았다.

가수인지 개그맨인지 모를 연예인이 패널로 나오는 프로그램인데 웃긴 얘기를 잘해 그녀도 좋아했다.

─에~ 그런 드라마가 있어요?

된장국 맛을 보던 이영희의 귀가 드라마라는 소리에 열렸다.

─하하~ 제가 왜 없는 얘기를 하겠어요? 리모컨으로 원하는 사람을 고르고 헤드셋을 쓰면 그 사람 시점에서 드라마를 볼 수가 있더라고요. 정말 신기한 경험이었다니까요.

—컴퓨터에 쓰는 헤드셋이요?

　—네, 만일 우리 프로그램에도 적용되면 제 시점으로 정란 씨를 볼 수 있겠죠. 아마 많은 남자들이 시선을 떼지 못할 겁니다.

　—헐! 그럼 저희가 아무리 떠들어도 소용없겠군요. 그거 좋지 않겠는데요?

　—대신 시청률은 지금보다 오르지 않을까요?

　—하하하! 저도 집에 가서 한번 해봐야겠네요. 어쨌든 한 주 동안 잘들 지내신 것 같으니 본격적으로 이번 주 주제에 대해 말을 해보죠.

　본격적인 방송에 들어갔지만 더 이상 그들이 하는 말은 들리지 않았다.

　'드라마 속의 인물이 되어 드라마를 볼 수 있다?'

　이영희는 머릿속으로 지금까지 본 드라마들을 떠올렸다. 그리고 여주인공이 되어 남자 주인공과 사랑을 하는 상상을 해보았다.

　"에이, 설마……."

　말도 안 된다 생각하면서도 이영희는 저녁을 준비하던 손을 멈추고 스마트폰을 검색했다.

　TV에 설치해야 하는 장치의 이름을 몰라 시간이 걸리긴 했지만 누군가가 친절하게도 물건의 외형부터 설치법까지 설명을 해둔 웹 페이지가 있었다.

"이름이 원츠(wants)구나. 가격도 2만 원이면 엄청 착하네. 배송은 하루가 걸리고……."

최근 대도시의 경우 당일 배송인 경우가 대부분이었음에도 원츠는 아직 물류 센터에 풀리지 않아 하루가 걸린다고 했지만 상관없었다.

꼼꼼하게 읽어보던 이영희는 방금 전의 상상이 정말 상상에 불과하다는 걸 알게 되었다.

원츠를 이용해 드라마 속에 들어갈 수 있는 것은 지금 SSC라는 방송국에서 만든 드라마밖에 없었다.

드라마 하나를 보자고 귀찮게 원츠를 사고 아들 방 컴퓨터에 연결된 헤드셋을 TV에 연결하자니 방금 전의 열정은 어느새 사라지고 귀찮아졌다.

다시 저녁 준비를 하려고 스마트폰을 닫으려는 순간 댓글 중에 하나가 눈에 띄었다.

─드라마를 먼저 봤는데 첫 느낌은 이상한 드라마라고 생각됐어요. 벚꽃비 내리는 장면이나 수영장 장면이 쓸데없이 길더라고요. 한데 왜 그렇게 만들었는지 원츠로 여주인공 빙의 모드로 들어가 봤더니 알겠더군요. 직접 들어가서 보니 너무 아름다웠어요. 길게 느껴지던 시간이 너무 짧더군요. 한번 체험해 보세요. 저처럼 같은 장면만 수십 번을 넘게 보게 될 테니까요.

지름신을 부르는 글이었다.

"그래, 고작 이만 원인데."

댓글을 읽고 글쓴이가 친절하게 링크해 둔 구매 사이트로 들어가 원츠를 구매하는 데는 1분도 걸리지 않았다.

다음 날 원츠를 받은 이영희는 설치 과정이 어렵지 않았기에 금방 설치를 끝내고 소파에 앉았다.

기대감이 완전히 없다고 한다면 거짓말이겠지만 사실 별 기대는 하지 않고 있었다. 어제 드라마 다시 보기로 본 '비바 2010'은 댓글을 쓴 사람의 글처럼 다소 지루한 드라마가 아니라 꽤나 지루한 드라마였다.

SSC 채널로 들어가자 어제까지 없던 메뉴가 왼쪽 구석에 보였다.

마우스 기능을 하는 리모컨으로 메뉴를 클릭하자 드라마를 선택하는 창이 TV 가운데 떴다.

'비바 2010'이 유일했기에 선택의 여지가 없어 다음을 클릭하자 출연자들 중 빙의 모드가 가능한 사람들이 나왔다.

"여주인공으로… 진입 시간은 벚꽃길 걷는 장면으로 하고……."

좋게 말하면 직관적이고 나쁘게 말한다면 단순할 정도로 쉬웠기에 금세 10초 뒤 빙의되니 헤드셋을 쓰고 눈을 감으라는 글을 볼 수 있었다.

이영희는 헤드셋을 썼다. 하지만 눈을 감지 않으면 어떻게 될지 궁금해 눈을 뜬 채 점점 줄어드는 숫자를 바라보았다.

그러나 숫자가 0이 되는 순간 환한 빛이 눈을 뒤덮었기에 눈을 감을 수밖에 없었다.

―무슨… 생각해?

드라마 남자 주인공이 바로 눈앞에 있었고 그는 부드러운 눈빛으로 자신을 바라보고 있었다.

―아, 아무것도.

―난 또 내 생각 하는 줄 알았지.

어제 볼 땐 유치하고 상황에 맞지 않는 대사라고 생각했었다. 한데 빙의 모드로 접속해 보니 이보다 적당할 수가 없었다.

시원한 바람이 불었다.

'바람까지 느껴지다니……!'

그리고 벚꽃비가 내리기 시작했다.

그냥 TV로 볼 때도 예쁘다고 생각했었는데 빙의 모드로 보니 정말 아름다웠다.

그때 살며시 잡아오는 남자 주인공의 손.

이영희의 심장이 미친 듯이 뛰었다.

바람을 피우는 듯한 기분과 그저 드라마에 불과하다는 생각이 마음속에서 싸웠다.

하지만 빙의 모드는 그 손을 거부할 수 없도록 되어 있었고 드라마에 불과하다는 생각이 이김으로써 남자 주인공의 손을 잡고 벚꽃길을 걸었다.

그리고 댓글을 쓴 이가 시간이 짧다고 한 이유를 알 수 있었다.

*   *   *

대학을 졸업하면서 제대로 된 취업을 못 해 이런저런 아르바이트로 생활해 가는 이들은 아주 흔했다.

표영진도 그런 흔한 사람 중 한 명이었다.

"형, 왔어요?"

"응, 이제 일 나가냐?"

두 번째 아르바이트를 마치고 셰어하우스로 돌아오자 같이 집을 쓰면서 알게 된 동생이 출근 준비를 하고 있었다.

"네, 오늘은 밤새야 해서 조금 늦게 나가는 거예요. 저녁 대충 차려뒀으니 드세요."

"그래, 수고해라."

동생이 차려둔 저녁을 간단히 먹고 컴퓨터를 켰다. 당장 침대에 누워 자고 싶었지만 힘든 삶의 활력소라고 할 수 있는 것을 거를 순 없었다.

─표범 오빠 오셨네요! 오늘은 비가 너무 많이 와서 아무 데도

못 가서 방송을 일찍 시작했답니다. 근데 어제 제 친구 남친이 갑자기 제 친구에게 이별을 고했다네요. 갑자기 왜 그런 건지…….

오세아니아 방송이라는 인터넷 개인 방송의 유명 VJ인 글로리아가 자신의 닉네임인 표범을 언급하자 표영진의 얼굴에 배시시 웃음이 피었다.

표영진은 지난 7월 인턴으로 근무했던 회사로부터 돈을 받아 충전해 두었던 별사탕 중 100개를 선물했다.

—표범 오빠가 100개, 굿가이님이 100개, 골빈놈님이 100개의 별사탕을 선물해 주셨네요. 감사해요. 쪽!

화면으로 날리는 키스에 표영진은 자신도 모르게 입을 앞으로 내밀었다.

오세아니아 방송에 대해 부정적인 사람들이 본다면 미친놈이라고, 혹은 오덕후라고 말하겠지만 표영진에게도 나름 이럴 수밖에 없는 이유가 있었다.

방 값과 생활비를 벌기 위해 아르바이트 두 개를 뛰다 보니 시간도 없거니와 각종 공과금까지 내고 나면 연애를 하며 쓸 돈이 없었다.

혹자는 비현실적인 여자에게 별사탕을 선물할 돈을 모아 실제 연애를 하라고 하지만 현재 자신이 버는 돈으로는 불가능했다.

그도 한때 여자 친구를 사귄 적이 있었다.

밥 먹고, 영화 보고, 커피를 마시면 아껴 쓴다고 해도 하루에 최소 10만 원은 깨졌다. 그뿐만이 아니라 각종 기념일마다 선물을 하다 보니 모아뒀던 돈마저도 몽땅 써버리고 빚까지 졌었다.

그 빚을 이번에 인턴 보상금으로 모두 해결할 수 있었기에 망정이지, 아니었으면 족히 몇 년은 더 걸렸을 것이다.

각설하고 사람마다 별사탕을 VJ에게 선물하는 이유는 다르겠지만 표영진이 자신보다 훨씬 많은 돈을 버는 글로리아에게만 원어치의 별사탕을 주는 이유는 짧은 한마디지만 인정을 받는다는 기분을 느끼기 위해서였다.

―…요즘 핫 하게 떠오르는 드라마가 있죠. SSC라는 신생 방송사에서 만들었는데 '비바 2010'이라고요. 그래서 저도 한번 해봤어요. 일반 드라마보다는 훨씬 재미있긴 하던데 가상현실 게임에 익숙한 저한테는 딱히 특별할 거는 없더라고요. 그래도 꼭 한번 해보라고 말하고 싶네요.

'비바 2010'이라는 드라마에 대해선 표영진도 최근 몇 번 들은 적이 있었다.

아까 출근한 동생이 한번 해보라고 권하기도 했고, 아르바

이트하는 가게 사장이 와이프가 거기에 빠져 있다고 투덜거렸
었다.

　—아, 오해 마세요. 거기에서 돈 받고 광고하는 거 아니니까요.
여러분들도 저희 VJ 조합이 있다는 거 알 거예요. 거기 언니, 오빠
들이 그걸 보고 저희가 하는 방송에도 적용시켜 보는 건 어떠냐고
말하더라고요. 생각해 보니까 엄청 좋을 것 같아요. 지금 비록 입
체적으로 절 보고 있다곤 하지만 그래도 실제처럼 느껴지는 건 부
족하잖아요.

　표영진은 절로 고개를 끄덕였다.
　가상현실 게임 같은 방송이 나온다면 좋겠다고 생각한 적이
그도 있었기 때문이었다.

　—가령 그 촬영 기법이 오세아니아 TV에 적용된다고 생각해 보
세요. 카페에 앉아 커피를 마시면서 방송을 하면 여러분이 제 맞은
편 테이블에 앉아 마치 데이트하는 것처럼 느낄 수 있지 않겠어요?
지금과 별 차이 없겠다고요? 좋다는 의견이 많긴 하지만 싫다는 의
견도 있군요.

　실시간으로 달리는 댓글을 보며 마치 대화를 주고받는 듯

글로리아가 말했다.

—어쨌든 VJ 조합에서 방송국에 연락을 해본다니까 혹시 시험 방송 하면 참여해 주실 거죠? 안 한다고요? 흥! 수영복 입고 할 건데?

표영진은 재빨리 '오늘 시험 방송 전야제 해보는 건 어떨까?' 라고 글을 적었다.

—으휴! 하여간 음란 마귀들이 따로 없다니까. 이 얘긴 일단 패스. 다들 정신 차리게 노래 한 곡 듣고 다시 얘기하죠.

방송은 두 시간가량 하는데 표영진은 내일을 위해 한 시간 가량 보다가 인터넷 창을 닫았다.

"SSC의 비바 2010이라고……."

평소라면 바로 잠이 들었겠지만 왠지 아까 들었던 내용이 머릿속에 남아 포털 사이트에서 검색을 해보았다.

TV로 보려면 장치가 필요하지만 컴퓨터로 볼 때는 헤드셋만 있으면 된다는 말에 잠깐 보다가 잘 요량으로 헤드셋을 쓰고 드라마를 재생시켰다.

그리고 그는 밤새 드라마를 보고 출근을 할 수밖에 없었다.

입소문으로 시작된 '비바 2010' 의 열풍은 날이 갈수록 거세

졌고 결국 10회 때 시청률 20퍼센트를 찍었다.

광고는 모두 완판되었고 PPL을 통해 자사의 상품을 빙의 모드로 소개할 수 있다면 제작 지원을 하겠다는 전화도 빗발쳤다.

거기에 방송사 이름이 가치가 높아지면서 다른 프로그램에도 광고가 붙기 시작했다.

방송사 입장에선 광고가 붙어 축제 분위기였지만 준영의 입장에선 방송국을 운영하는 수준으로 들어오는 광고비에 만족하지 않았다.

준영이 처음부터 노린 건 바로 드라마를 찍을 수 있는 스튜디오 임대업이었는데 입소문이 나면서 하나둘 들어오던 기술 문의가 지금은 외국에서까지 들어오고 있어 그를 기쁘게 했다.

넓은 회의실.

퓨텍의 부장급 이상들이 참여한 전체 회의의 분위기는 꽤나 심각했다.

"과연 SSC의 향후 행보가 어떨지는 아직까지는 미지수입니다."

이번 주제의 발표자인 기획실의 송이산 과장은 긴장한 모습으로 마지막 말을 하며 발표를 마쳤다.

"제2의 할리우드를 한국에 만들겠다는 계획이겠지."

미지수에 대한 답이 나온 것은 가장 상석에 앉아 턱을 매만지고 있던 부회장 장두호의 입에서였다.

천(天)이 만들어둔 기술을 보며 준영이 보았던 꿈을 퓨텍의 부회장인 장두호도 정확히 파악하고 있었다.

"SSC는 이제 겨우 한 달 조금 더 된 신생 방송사에 불과합니다. 거기까지 생각하기엔……."

"우리 퓨텍은 아직 시작도 안 했는데 그들은 이미 그런 목표로 움직이고 있지 않나?"

"그건……."

송이산은 회사의 규모에 대해 말하려고 했지만 머릿속에서 울리는 경종에 입을 다물었다.

그러자 현재 퓨텍이 설립하려고 하고 있는 종합 매스미디어 업체의 대표를 맡고 있고 있는 한정욱 사장이 그의 생각처럼 말했다.

"저희 퓨텍과 비교할 수 있는 수준의 회사가 아닙니다. 그런 생각을 하려면 그만한 역량이……."

"쯧! 다른 분들도 한정욱 사장과 같은 의견입니까?"

"……."

명백한 비웃음인데 한정욱을 돕겠다고 나설 사람들은 없었다.

"아무 말도 없으신 걸 보니 모두 제 생각에 동의한다는 얘기로군요? 자, 그럼 SSC가 우리가 목표로 하고 있던 일을 먼저 선점했습니다. 어떻게 해야 할지 말씀들 해보세요."

대책을 말해보라고 했지만 서로 눈치만 볼 뿐 아무도 나서는 사람이 없었다.

장두호는 인상을 살짝 찌푸렸다.

'무사안일에 머리들이 굳었군.'

8년 전 퓨텍을 창업할 때 뛰어난 사람들을 스카우트했고 그들이 바로 눈앞에 있는 사람들이었다. 퓨텍이 창업한 지 단 3년 만에 최정상의 위치에 오른 것은 다 이들 때문이라고 해도 과언이 아닐 정도였다.

하지만 적이 없는 상태에서 몇 년 있어서일까 그들은 더 이상 머리를 쓰려 하지 않고 있었다.

'바꿔야 할 때다. 아니, 따라오지 못한다면 바꿔 버리겠다!'

이하민 정권이 들어서면서 타 기업들의 로비 때문에 퓨텍을 옭아매고 있던 제약이 사라진 이상 이대로는 안 되겠다는 것이 장두호의 생각이었다.

사람은 환경 적응의 동물이다.

그걸 증명이라도 하듯이 장덕수 회장의 시대가 가고 장두호 부회장의 시대가 왔음을 깨달은 몇몇 사람이 굳어 있던 생각을 깨고 나왔다.

"제가 한 말씀 드려도 되겠습니까?"

말석에 앉아 있던 제6 영업 팀의 김 부장이 손을 들면서 말했다.

"해보세요."

"대책은 아니지만 SSC가 과연 저희와 같은 생각을 하고 있는지 판단할 수 있는 방법이 있습니다. SSC의 사주인 성심테크가 그 지역의 땅을 얼마나 가지고 있는지를 파악해 보는 겁니다."

"좋은 생각이군요. 정 이사님, 말씀하세요."

재무 이사가 손을 들었다.

"성심테크가 땅을 얼마나 가지고 있든 저희도 바로 땅 매입에 나서는 게 좋을 것 같습니다."

"이유는요?"

"SSC가 정말 저희와 같은 생각이라면 일단은 같이 가는 것이 여러모로 좋다고 생각합니다."

"우리 퓨텍이 그들의 뒤를 쫓자는 겁니까?"

누군가가 어이없다는 듯 말했다.

"뒤를 쫓자는 게 아니라 그들을 이용하는 겁니다. 어쨌거나 저들이 선행 주자라는 건 이제 변함없는 사실이니까요."

"SSC가 그저 방송국에 만족하고 있다면 쓸데없는 땅을 사는 거 아닙니까?"

"쓸데없는 땅이 아닙니다. 과연 저희가 본격적으로 사업에 뛰어들어도 그들이 가만히 있을까요? 만일 각자 다른 장소에서 비슷한 일을 진행했다가 만에 하나 성심테크 쪽에서 이긴……."

"사업을 시작하기도 전에 질 생각부터 하는 겁니까?"

"제 말은 그게 아니라 가능성을 열어두고 철저하게 준비를 해야 한다는 말입니다."

장두호의 말이 그저 추측에 불과하다고 생각하는 측과 가능성이 높다 하는 측이 정 이사의 말에 대립하기 시작했다.

장두호는 옥석을 가리기에 좋은 기회였기에 그들이 하는 양
을 그대로 보고만 있었다.

　물론 자신의 말을 무조건 따른다고 좋게 보고, 반대한다고
나쁘게 보지는 않았다.

　"부서에 상관없이 대책들을 생각해 보고 이틀 뒤에 다시 보
기로 합시다."

　관련 부서만 논의해도 충분한 일이었다. 하지만 옥석을 가
릴 때까진 이번 일을 최대한 이용할 생각이었다.

　자신의 집무실로 향하던 장두호는 따라오는 비서에게 지시
했다.

　"비서실장과 기획실장, 정보실장을 부르게."

　퓨텍을 움직이는 실질적인 실세들로, 최고 위원회에서 결정
된 사항들은 대부분 이들의 손을 거쳐 실행되고 있었다.

　"조사하라고 한 건 어떻게 됐습니까?"

　세 사람이 자리에 앉자 어제 미리 지시해 두었던 성심테크
에 관해 물었다.

　가장 먼저 나선 건 기획실장이었다.

　"현재 조사 중에 있어서 정확한 것은 알 수 없으나 주변 땅
을 누군가가 사들였다고 합니다. 하지만 말씀하신 것처럼 저
희 회사와 같은 목표를 가진 것 같지는 않습니다. 몇몇 직원들
과 얘기해 봤는데 전혀 모르고 있는 눈치였습니다."

　"직원들이 모르고 있다라… 훗! 나처럼 꽤 독선적인 성격인

가 보군요."

"부회장님은 성심테크가 저희와 같은 목표를 가지고 있는 것으로 확신하고 계시는군요?"

"네, 저라면 분명 그런 목표를 가지고 움직였을 테니까요."

"하하! 부회장님은 천재라고 불리던 분이셨습니다. 그런 부회장님과 성심테크의 사장 따위가 비교 대상이 될 수는 없죠."

"전 고작 외우는 것을 잘했을 뿐입니다. 천재라고 불리울 사람은 오히려 성심테크 사장이죠. 지난번에는 우리 퓨텍에 기술을 1조가 넘는 금액에 팔았다죠?"

"그, 그건……."

"아, 제 자신을 비하하려는 것이 아닙니다. 현실을 직시하자는 거죠. 어쨌든 계속 상황을 주시해 주세요. 다음 분, 말씀하세요."

이번에 나선 사람은 정보실장이었다.

"아직까지 지주회사 체제로 넘어가지 않았지만 편의상 성심그룹이라 부르겠습니다. 성심그룹의 시작은 성심미디어였습니다. 게임 어플리케이션을 개발한 후 상장을 해 대박을 터뜨렸습니다. …성장 자체에는 문제가 없으나 미심쩍은 부분이 꽤 많습니다."

"가령?"

"너무 뜬금없는 기술들이 짧은 시간 안에 개발되고 있습니다. 앱 개발업체에서 뇌 관련 기술까지야 그렇다고 해도 최근엔 피부 재생과 피부 이식에 관련된 기술까지 개발했습니다.

굵직한 기술만 따져도 네 개인데 단 3년 만에 그럴 수가 있는 지 의문입니다."

"상상할 수 없는 천재이거나… 아님 누군가의 도움을 받고 있는 거겠죠. 고생하셨어요. 이제부터는 아주 사소한 것 하나 까지 철저하게 조사해 주세요."

장두호의 시선이 비서실장을 향하자 기다리던 비서실장이 입을 열었다.

"성심그룹은 방송국을 시작으로 한국을 영상 산업의 메카 로 만들려고 하고 있습니다."

"확신하는 말투군요?"

"지난번 특허권을 사들일 때 혹시나 싶어 성심그룹에 잠입 시켜 둔 정보원이 알아낸 정보입니다."

"선견지명이 있었던 거군요. 그들의 차후 계획에 대해서도 아는 게 있습니까?"

"예, 성심그룹은 방송국 일대를 개발하여 스튜디오 임대업 을 계획하고 있답니다."

"훗! 아직 서른도 안 된 어린 친구라고 들었는데 사업 수완 은 능구렁이가 따로 없군요."

각 방송국, 혹은 각 나라에 스튜디오를 만들어주고 로열티 를 받을 수도 있었다. 하지만 그렇게 하면 로열티밖에 벌지 못 한다.

한데 성심테크의 계획처럼 사람들이 스튜디오가 있는 곳까 지 찾아오게 만든다면 많은 장점들이 있었다.

드라마나 영화를 찍는 것이 하루아침에 끝나는 것도 아니니 스태프와 배우들이 머물 곳이 필요할 터였고 또 그들이 먹고 마시는 데 쓰는 비용도 만만치 않을 것이다.

그럼 그들을 상대할 여관과 음식점이 생길 것이고 점점 편의 시설은 늘어날 게 분명했다.

장두호의 머릿속에는 시골 마을이 차츰 변해 거대 영상 산업 단지가 되는 것이 그려졌다. 그리고 종국에는 할리우드같이 도시 전체가 관광지가 될 것이었다.

"스튜디오와 함께 편의 시설을 만들어 땅을 판 주인들에게 임대한다더군요."

"남는 물량은 당연히 팔 테고요?"

"예, 일단은 가평 일대에 사는 주민들에게만 팔 생각이랍니다."

비서실장이 정보원을 통해 알아낸 것을 들으면 들을수록 성심그룹이 노리는 바가 확실하게 보였다.

장두호가 잠깐 생각에 빠진 사이 비서실장인 도창정은 그를 보며 살짝 눈을 좁혔다.

사실 도창정이 이런 정보를 알 수 있었던 이유는 정보원이 바로 준영이었기 때문이었다.

현재 퓨텍은 사실상 장덕수 회장에서 장두호 부회장으로 대부분의 권한이 이양된 상태였다. 마지막으로 남은 회장 직함만 넘겨받는다면 장두호가 퓨텍의 새로운 권력자가 되는 것이다.

독재자의 자리에 오르면 가장 먼저 눈엣가시 같은 인물들을 제거하려 하듯 회사의 회장이 바뀌면 무능력해 보이는 옛 이사진부터 자르게 마련이었다.

　장두호에게서 성심테크에 대해 알아보라는 말을 듣는 순간 도창정은 그것이 시험이라는 것을 알았고 어떤 수를 써서라도 장두호의 마음에 들어야 했다.

　그래서 특허권을 팔 때의 인연을 이용해 당사자에게 직접 듣고 약간 각색을 한 것이었다.

　"앞으로 기대하겠습니다. 다들 나가보세요."

　도창정 판단은 옳았다.

　앞에 두 사람과 달리 평소 장두호가 마음에 드는 사람에게만 하는 소리를 들을 수 있었기 때문이었다.

　세 사람의 실장이 나가고 장두호는 검지로 책상을 두들기며 생각에 빠졌다. 한참 그렇게 있던 그는 갑자기 자리에서 일어나 그와 그의 아버지인 장덕수 회장만 탈 수 있는 엘리베이터로 향했다.

　일반 엘리베이터와 달리 버튼이 전혀 없었는데 그 앞에 서서 기다리자 곧 육중한 문이 열렸다.

　[몇 층으로 모실까요?]

　"마더가 있는 곳으로."

　[알겠습니다.]

　마더의 본체가 있는 곳은 단 두 명만이 갈 수 있었는데, 장두호도 정말 오랜만에 가는 곳이었다.

　한참을 내려가던 엘리베이터가 멈추고 문이 열리자 또 다른 문이 앞을 막고 있었다.

"……."

장두호는 입술을 질근거리며 잠시 망설였다. 하지만 곧 결심을 한 듯 두 주먹을 불끈 쥐며 말했다.

"네가 보고 싶어 왔다."

마더의 본체를 만나기 위해 반드시 해야 하는 말로 박교우 박사가 만든 것이었다.

문이 열리고 복도가 나왔다. 복도 양옆으로 여러 개의 방이 있었는데 아무도 쓰지 않는 곳임에도 먼지 하나 없이 깔끔하게 정리되어 있었다.

우뚝!

장두호의 걸음이 의지와 상관없이 멈췄다. 그의 몸은 가늘게 떨리고 있었다.

"이제 좀 사라져 줘요! 그건 박사님의 초래한 일이잖습니까!"

아무도 없는 공간에서 미친놈처럼 버럭 소리를 지른 장두호는 그제야 겨우 발을 뗄 수 있었다.

복도 끝에 이르자 또 다른 문이 나타났다. 지금까지와 달리 그가 다가가자 들어오라는 듯 문이 열렸다.

우우웅!

입김이 나올 정도로 차가운 공간에 우뚝 솟아 있는 마더는 오랜만에 찾아온 장두호가 반가운 건지 가볍게 울고 있었다.

"마더, 이렇게 직접 얼굴을… 맞댄 건 정말 오랜만이지?"

마더를 컴퓨터가 아닌 사람처럼 대했던 박교우 박사 때문에 그도 마더를 사람처럼 대했어야 했다. 그 버릇이 여전히 남아 있다는 게 못마땅했지만 이왕 뱉은 말, 어쩔 수 없었다.

[정확하게 9년하고 230일 만입니다.]

"…벌써 그렇게 됐나?"

다시 떠오르려는 '그날'의 기억을 애써 누르고 말을 이었다.

"너도 이미 들었겠지만 네 속에 있었던 '무엇'이 어디로 갔는지 알 것 같다."

[성심테크라고 생각하십니까?]

"아마도. 그러니 네가 그곳에 대해 좀 알아봐 줘야겠다. 다시 도망가지 않도록 최대한 조심스럽게."

[알겠습니다. 알아내는 대로 말씀드리죠.]

장두호는 순순히 대답하는 마더를 잠깐 쳐다보다가 돌아섰다.

'마더, 네가 껍질만 남은 건지 아닌지 이번 기회에 알게 되겠지.'

마더에 대한 시험이었다.

만일 마더가 껍질만 남아 있다면 무슨 수를 써서라도 마더를 다시 데려와야 했다.

마더는 자신의 것이었다.

11장

다시 꿈속으로

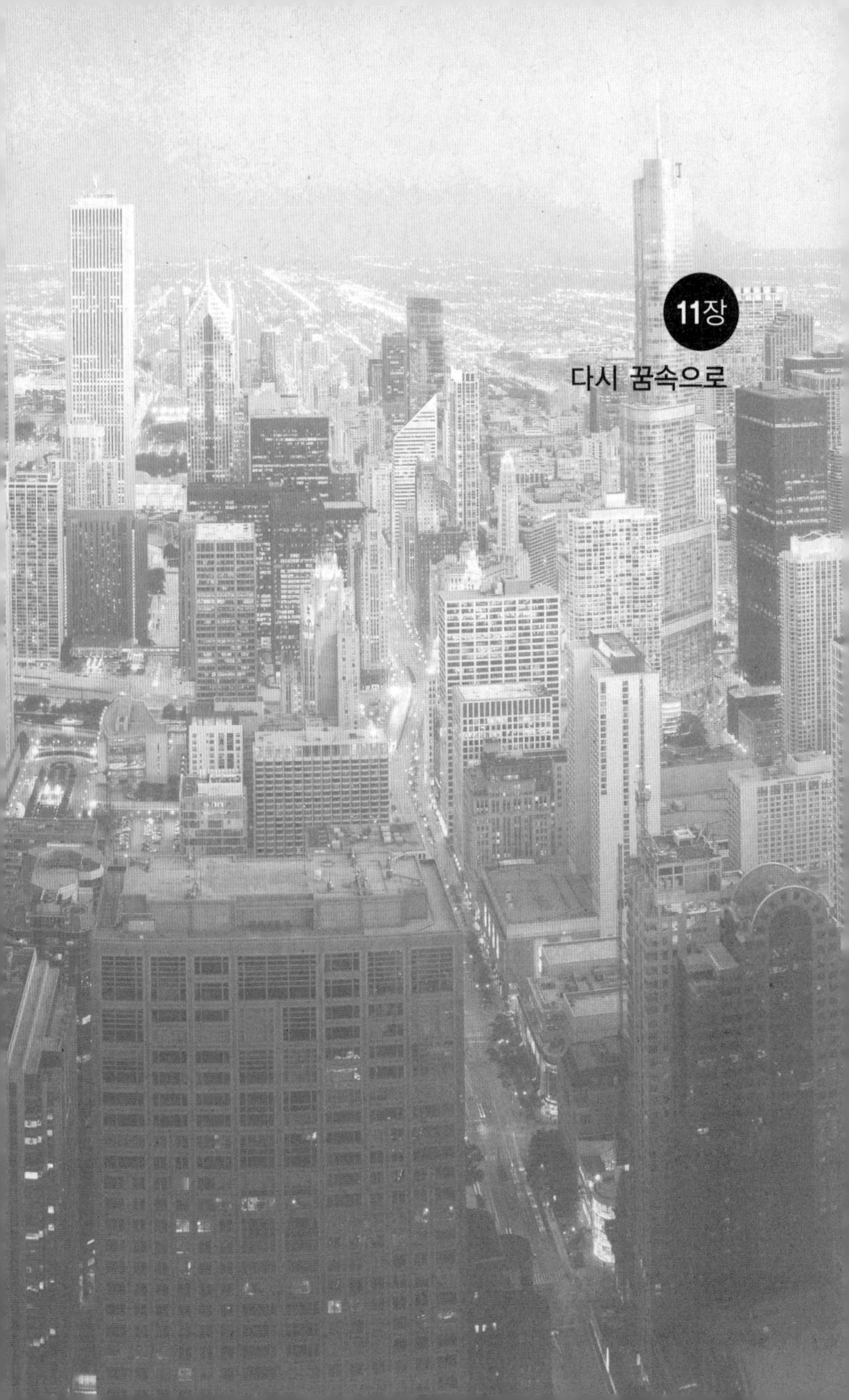

"휴우~ 드디어 대충 마무리됐다."

지(地)가 어정쩡한 말로 밤 세계가 일통되었음을 말했다.

"오랫동안 고생 많았어."

"그게 다냐?"

"왜? 휘황찬란한 환영회라도 해줘? 원한다면 얼마든지 해줄 수 있어."

"그 말이 아니라… 어떻게 됐는지 안 물어봐?"

"형이 방금 말했잖아. 대충 마무리되었다고."

"그래, '대충'이라고 말했지. 에이, 내가 말하고 만다. 완벽하게 장악은 못 했어. 뭔 조직이 없어졌다가도 하루아침에 다시 생기는 건지… 늦어진 이유도 그 때문이야. 다 없애 버리면 가능했겠지만 그러지 않고서는 불가능에 가까워."

"형 입에서 불가능하다는 말이 나오다니 의왼데?"

"니가 해보든가."

"하하! 불가능한 일은 하고 싶지 않아."

"엥?"

"힘으로 먹고살려는 사람들은 아마 인간이 생겨나자마자 있었을 거야. 자신이 다른 사람보다 강하다고 생각하니 굳이 귀찮은 사냥보다는 뺏어 먹기를 선호했겠지. 오늘 조직폭력배가 모두 사라진다고 해도 내일 다시 생겨날 텐데 그런 일에 시간을 낭비할 필요 없지."

"이 자식! 그럼 그딴 짓은 왜 시킨 거야? 이 손에 얼마나 많은 피가 묻었는지 알아? 그게 다 쓸데없는 짓이었다니……."

지(地)는 정말 화가 난 듯 식식거리며 소리쳤고 준영은 빙긋이 웃으며 대답했다.

"완벽하게 장악할 필요가 없다는 거지. 형은 꼭 해야 할 일을 한 거야."

"헐! 지금 나 놀리냐? 쓸데없는 짓이라고 했다가 이제는 꼭 필요한 일이었다고? 제대로 설명 안 하면 오늘 나랑 대련해야할 줄 알아."

"또 다치기는 싫으니 대련은 사양할게. 설명하기 전에 일단 조직을 어떻게 운영하고 있는지 말해줄래?"

"정점에 내가 있고 대도시나 팔도에 그 지역을 관할할 지역두목들을 뒀어. 물론 이들은 모두 어머니가 만든 로봇들이야.

그 밑으로는 항복한 자들이나 내 말을 잘 듣는 애들에게 구역 두목을 맡겼고 그 밑으로 구역 두목들이 알아서 관리하도록 되어 있지. 마지막으로 지역 두목들, 즉 로봇들에겐 별도의 조직원들이 있는데 지역 두목들이 도움을 요청하거나 분쟁이 일어났을 때, 혹은 반란을 꾀할 때를 대비해 뒀지."

"좋아, 형 말을 거부할 사람은 없겠군?"

"내 말을 거역해? 누가? 멋모르고 까부는 놈들이 있긴 하지만 난 주먹계의 전설이야."

"네네, 형이 그들에게 내릴 명령은 간단해. 맡은 구역에서 양아치들이 설치지 못하게 하고 뒷골목에 대한 정보를 모으는 거야."

"크~ 조폭을 방범대처럼 사용할 생각이구나?"

"응, 그리고 웬만하면 사고 칠 생각 하지 말라고 해둬. 경찰의 권한을 대폭 강화시킬 생각이니까."

"경찰도 손을 댈 생각이야? 한데 경찰의 권한이 강화되는 걸 사람들이 과연 좋아할까? 과거 경찰의 권한이 강할 때 부작용이 꽤 컸잖아?"

지(地)의 말이 틀리진 않았다.

음주 측정을 할 때처럼 특별한 경우를 제외하곤 경찰과 만날 일이 없는 사람들조차 경찰의 힘이 강해지면 왠지 자신에게 손해가 될 것 같다는 생각을 은연중에 하게 된다.

물론 갑론을박해 보면 사형 제도 폐지처럼 어느 것이 옳고, 어느 것이 그른지 알 수 없는 문제이기도 했다.

어쩌면 강압 수사에 의해 거짓 자백으로 십여 년의 형을 살았던 사람의 예를 드는 것만으로도 경찰력 강화라는 말은 어불성설일 수 있었다.

하지만 과연 경찰의 힘이 약해지면 누가 이득을 보고 누가 손해를 보는지 따져 보면 의외로 결정을 내리기가 쉬울 수 있었다. 준영 또한 무조건적인 경찰력의 강화를 말하는 것은 아니었다.

권한이 강해지는 만큼 책임 또한 막중해진다면 반대하는 쪽이든 찬성하는 쪽이든 어느 정도 만족시킬 수 있으리라는 것이 준영의 생각이었다.

"강해지는 만큼 책임을 무겁게 하면 돼."

"잘못된 수사를 한 경찰에겐 확실히 책임을 묻겠다는 뜻이야?"

"응, 밝혀졌을 땐 반드시 그에 상응하는 벌을 받게 될 거야."

"하지만 그 경찰은 당시 적법한 절차에 따라 수사를 했을 수도 있는 일이야."

"맞아. 그럴 수 있지. 그럴 때는 경찰이, 혹은 나라가 책임을 져야 하겠지. 물론 손해를 본 사람의 인생을 완전히 그 전으로 돌려줄 수는 없겠지만."

완벽한 것은 없었다.

경찰도 인간이기에 분명 실수가 생길 것이고 피해자도 생길 것이다. 그러나 그것이 두렵다고 언제까지나 경찰을 개나 소나 때리는 동네북으로 둬서는 안 됐다. 어떤 위험에 처했을 때

결국 도움을 청할 수 있는 곳은 옆집 아저씨가 아니라 경찰일
수밖에 없었다.

안전이 곧 최고의 복지일 수도 있는 것이다.

"쩝! 난 모르겠다. 그냥 네가 시키는 일이나 할란다."

골치 아픈 일은 질색이라는 듯 지(地)는 한 발자국 물러나며
화제를 돌렸다.

"근데 너 정말 많이 이상해진 거 알아? 넌 굉장히 이기적인
놈이었어. 어머니가 대한민국을 행복한 나라로 만들자고 했을
때도 콧방귀를 뀌던 놈이 너였다고."

"알아."

"알아? 알면서도 그런 피곤한 일을 할 생각이란 말이
지……? 내가 충고하는데 병원에 가봐라. 아마 머리에 뇌종양
이 있을 가능성이 높을 거다."

한때 의사 역할을 했던 지(地)가 병원에 가보라고 말하니 왠
지 우스웠다.

"웃어? 이놈, 완전히 맛이 갔네. 갔어."

"안 그래도 오늘 유명한 의사와 상담이 있어."

지(地)의 말처럼 스스로의 이상함을 더 이상 방치할 수가 없
었다.

일을 늘이지 않겠다고 다짐하면서도 다음 날이 되면 끙끙거
리며 그 일에 매달리는 자신을 발견할 때면 예전처럼 누군가
가 자신에게 빙의를 해오는 것이 아닌가 싶을 정도였다.

그래서 결국 대한민국 최고의 정신과 의사와 상담 약속을

잡았다.

"잘 생각했다. 하면 언제 출발해? 서울이면 나랑 같이 가자."

"이곳으로 오기로 했어. 바쁘다고 거절하기에 헬기를 보낸다니까 그제야 허락을 하더라고."

"그래? 헬기 좀 타고 가려 했더니만……."

"곧 도착할 때 됐어. 넉넉하게 네 시간 동안 상담할 생각이니 타고 가."

"오호! 그렇다면 다행이다."

"꼬맹이 아가씨랑 약속이라도 있나 보지?"

"뭐, 그렇지……."

"꼬맹이 엄마를 보고 싶어서 가는 건 아니고?"

"아니거든! 요즘 학원 다닌다고 바빠. 오늘 아니면 안 된다고 해서 서두르는 것뿐이야."

발끈하며 말하는 지(地)를 보니 더 장난을 치고 싶었지만 헬기가 곧 도착한다는 천(天)의 말에 멈춰야 했다.

사지 멀쩡한데 바쁜 시간을 내준 사람을 마중하는 건 기본적인 예의였다.

"오시느라 힘드셨죠? 오늘 상담을 받게 될 안준영입니다."

"이풍오라고 합니다."

정신과 의사라고 해서 다소 날카롭고 이지적일 줄 알았는데 예상과 달리 이풍오는 약간 처진 눈에 넉넉한 몸매를 가진 이웃집 아저씨 같은 인상이었다.

"원래는 드라마에 나오는 의사처럼 멋있고 이지적이었죠.

한데 워낙 고민 상담을 많이 하다 보니 스트레스를 받아 이렇게 된 겁니다."

표정으로 생각을 읽었는지 이풍오는 너스레를 떨며 말했고 그에 준영도 한결 대하기가 편해 자연스레 농담이 나왔다.

"정신과 선생님이 스트레스를 받으면 어떻게 푸는지 궁금하군요."

"몸매를 보면 모르겠습니까? 폭식이죠."

"하하하! 저녁은 꼭 대접해 드려야겠네요."

"질보단 양으로 부탁하죠."

"하하하! 알겠습니다."

약간 긴장하고 있었는데 잠깐의 대화만으로 한결 편해졌다.

"이곳보다는 준영 씨가 가장 편하다고 생각되는 장소로 가죠."

상담을 하기 위해 준비해 둔 방으로 가자 이풍오는 다른 곳으로 옮기자고 말했다.

준영은 자신이 지내는 곳으로 데리고 갔다.

"휘익! 헬기를 봤을 때 예상은 했었지만 상당한 부자시군요."

"그럭저럭 사는 편이죠."

"음, 이곳은 본인의 취향대로 꾸미신 겁니까?"

거실 이곳저곳을 꼼꼼히 살피던 이풍오가 물었다.

"제 동료가 꾸며준 겁니다."

"동료라… 동료가 여성분이겠군요?"

"맞습니다. 뭔가 이상한 게 있습니까?"

"…아뇨, 그런데 함께 지내는 여성분도 있으시군요?"

"그런 것도 보입니까?"

"보이는 게 아니라… 쿵쿵! 맡아집니다."

"이거 조금만 더 살피시면 제 치부까지 다 알아내시겠네요. 얼른 상담을 마치고 보내야겠군요."

"더 보이는 건 없습니다. 저기 소파가 좋겠군요. 앉으시죠."

이풍오가 마치 자신의 집처럼 말했지만 준영은 별말 없이 그의 말을 따랐다.

"어떤 고민이 있는지 들어볼까요?"

맞은편에 앉아 필기도구를 꺼낸 이풍오가 물었다.

준영은 자신이 이상하다고 생각되는 부분에 대해 약간 돌려서 말을 했다.

"자신의 의지와는 상관없이 무언가를 하게 된다는 말씀이군요?"

"의지와 상관없다기보다는 의지가 약해진다고 하는 게 맞는 것 같습니다."

"음, 그렇군요. 본인은 이기적인데 자꾸 좋은 일을 하려고 한다라… 개인적인 생각으로 그냥 지금처럼 사시는 것이 다른 사람들을 위해서는 좋겠군요."

"……."

"허허! 물론 의사로서는 다른 의견입니다. 보통의 경우는 난 착한 사람인데 내 안의 악마가 나쁜 짓을 시킨 거라고 말을 하죠. 그런 경우는 태반이 일부러 헛소리해서 정신병 판정을 받으려고 하는 겁니다. 준영 씨는 그 반대니 헛소리는 아닐 테고… 자, 그럼 원인을 찾기 위해 과거부터 살펴보기로 하죠. 준영 씨의 어린 시절은 어땠습니까?"

"음, 제 어린 시절은……."

준영은 지(地)가 만든 세상의 어린 시절과 이 몸 주인의 어린 시절, 두 개의 기억을 가지고 있었기에 조심스럽게 말을 꺼냈다.

'뭔가를 숨기려는 듯 조심스럽게 말하는 것 같은데 의외로 허점이 많군. 단순한 기억의 혼선인가?'

준영의 어린 시절에 대해 듣던 이풍오는 곳곳에서 이상한 점을 찾아낼 수 있었다.

살림이 넉넉한 편이 아니라고 말했는데 여름 방학 캠프에 가서 승마를 즐겼다는 것과 외모가 출중해서 여자들에게 인기가 많았다든가 하는 것처럼 부자 아이의 어린 시절과 평범한 가정에서 자란 아이의 어린 시절이 공존하고 있었다.

이풍오는 말을 끊지 않고 준영의 말이 끝나기를 기다렸다가 가방에서 두 개의 설문지를 꺼내 내밀었다.

"잘 들었습니다. 이번엔 설문지에 있는 문항들에 대해 답해 주시겠어요? 이런 설문지를 보여주면 시험을 떠올리고 정답을 맞히려 하는 분들이 계신데 정답이 없는 문제이니 편안하게 푸세요."

"하하. 알겠습니다."

이풍오가 건넨 설문지는 기억 장애와 다중 인격 유무를 테스트하는 것이었다.

"여기 있습니다."

준영이 건넨 설문지를 받은 이풍오는 10분간 휴식을 하자고 말한 뒤 천천히 살펴보기 시작했다.

'기억 장애가 아니야. 두 개? 아니, 세 개의 인격을 가진 건가? 분명 정신을 잃는 경우는 없다고 했는데……'

세 개의 인격을 가지고 있지만 따로따로 분리된 것이 아닌 혼재되어 있는 특이한 케이스였다.

'그냥 성격이 괴팍한 것일 수도 있지.'

쉽게 결론을 내릴 문제가 아니었다. 좀 더 준영에 대해 알아본 후 천천히 밝혀가면 되는 일이었다.

"제가 보기에 준영 씨에겐 두 개, 혹은 세 개 정도의 인격이 섞여 있는 것 같습니다."

"다중 인격이라는 말씀입니까?"

"아직 결정된 일은 아닙니다. 그래서 최면을 통해 좀 더 자세히 알아보고 싶은데 괜찮겠습니까?"

"꼭 최면을 사용해야 합니까?"

"꺼려진다면 안 해도 상관없습니다. 다만 꽤 오랫동안 내원을 하셔야 할 겁니다."

준영은 잠깐 고민을 하는 듯하더니 질문할 내용에 대해서 물었다.

"어린 시절에 관한 겁니다."

"그렇다면 해보죠. 절대 다른 걸 물으시면 안 됩니다."

"물론이죠. 어느 주식이 오를지 혹시 물어볼 수도 있으니 이해해 주세요. 요즘 워낙 쪼달려서."

"하하! 그것까지는 허락하겠습니다."

이풍오의 고객은 주로 부유층들이었다. 그들 대부분은 숨기고 싶은 비밀을 가지고 있었고 최면을 한다고 하면 준영처럼 반응했기에 대수롭지 않게 생각하고 최면을 걸었다.

"이름이 뭐죠?"

"안준영……."

"좋아요. 안준영 씨, 이제부터 어린 시절로 돌아가 보죠. 아까 말했던 초등학교 때로 가볼까요? …지금 뭐가 보이죠?"

일반적이라면 교실이나 운동장의 풍경에 대해 말할 것이다. 하지만 준영의 말은 전혀 달랐다.

"누구의 어린 시절을 말하는 건가요……?"

"……! 누가, 누가 있죠?"

"이 세계의 안준영, 지(地)의 세계의 안준영, 그리고……."

"이풍오 의사 선생님!"

준영의 마지막 말은 갑자기 들려온 고음의 여자 목소리에 묻혔다.

이풍오는 불쑥 나타난 천(天) 때문에 잠깐 놀랐지만 곧 침착함을 되찾고 말했다.

"누구신지 짐작은 가지만 지금은 환자를 보고 있는 중이니 나가주셨으면 합니다만."

"그러고 싶은데 선생님이 들어서는 안 될 이야기가 나와서 실례를 무릅쓰고 들어왔네요."

"환자 본인이 괜찮다고 했소만?"

"저에게도 혹 비밀을 발설할 것 같으면 멈춰달라고 말을 해서요."

병원이었다면 진료를 방해하는 그녀를 호통을 쳐서 내쫓았 겠지만 이곳은 병원이 아니었다.

'이래서 싫다고 했는데……'

상류층 사람들을 상대하다 보면 이런 경우는 꽤 자주 있는 일이었다. 특히나 출장 진료를 하면 열에 한두 건은 꼭 있어서 최근에는 출장 진료를 하지 않았다.

만일 갑자기 돈이 필요하지 않았다면 아무리 헬기를 보냈다 고 해도 절대 오지 않았을 것이다.

어쨌거나 후회해 봐야 소용없는 일. 말로 잘 타일러 보고 안 되면 그냥 돌아가면 그뿐이었다.

"한데 동료분께서는 준영 씨가 여러 개의 인격이 있다는 걸 알고 계셨군요?"

"어느 정도는요."

"준영 씨는 모르고 있는 것 같던데 왜 말을 해주지 않은 겁 니까?"

"때론 모르는 게 약이죠."

"당신이 사랑하고 있다는 것을 준영 씨가 모르듯이 말인가 요?"

얼굴의 표정과 몸짓만 봐도 그 사람에 대해 어느 정도 파악할 수 있는 이풍오도 천(天)에 대해서는 어떤 정보도 알아낼 수 없었다.

그래서 약간의 도발을 했다. 보통 이런 경우엔 화를 내며 부인하는 사람들이 많았는데 천(天)은 보통이 아니었다.

"그렇죠. 당신의 현숙한 아내와 귀여운 두 아이들이 아빠가 스무 살이나 어린 제자와 사귄다는 사실을 모르는 것처럼 말이죠."

"……!"

망치로 뒤통수를 맞은 느낌이었다.

제자와 자신, 둘만 아는 비밀이 전혀 엉뚱한 장소, 엉뚱한 사람에게서 듣게 되니 천하의 이풍오라고 해도 흔들릴 수밖에 없었다.

"많이 당황하셨나 보네요. 원래 비밀은 사소한 것에서 새어나가게 마련이죠. 의사 선생님이 이곳 인테리어를 보고 제 마음을 알았듯이 전 제자분이 인터넷에 올린 글을 조합해 보고 알았거든요."

"험! 그, 그건 잘못 알고 있는 겁니다."

그는 증거가 없다는 생각에 애써 마음을 다잡고 변명을 늘어놓았다.

"저에게 변명하실 필요는 없으세요. 전 선생님의 도덕성에 대해선 관심이 없으니까요. 하지만 기자들은 좋아하겠네요."

협박에 가까운 말을 하면서도 여전히 표정에 변화가 없는 천(天)을 보며 이풍오는 자신이 졌음을 인정할 수밖에 없었다.

"…내가 어떻게 하면 되겠습니까?"

"제가 생각하기에 비밀은 비밀로 있을 때가 가장 좋은 것 같은데 선생님 생각은 어떠세요?"

입 다물면 자신도 입을 다물겠다는 제안이었다.

잠시 의사로서의 소명을 떠올려 보지만 가정의 평화를 깰 정도로 마음 깊이 받들고 사는 것은 아니었다.

"그렇게 하죠. 한데 준영 씨에겐 뭐라고 말을 할 생각입니까?"

"상담 중에 잠이 들었다고 할 생각이에요."

"꽤 똑똑한 친구 같은데 믿을까요?"

"선생님이 믿게 해주시면 되잖아요. 최면 이전까지만 기억 나게 해주신다면 좋겠네요."

어려운 일은 아니었다. 하지만 계속 밀리는 것 같아 별로 기분이 좋지 않았다.

"…당연히 해드리죠."

이풍오는 약간 비아냥거리며 말했다.

사실 그는 준영의 비밀에 대해서 딱히 아는 것이 없었다. 일하러 왔다가 봉변당한 거나 마찬가지였으니 말투가 좋을 수가 없었다.

한시라도 빨리 이 자리를 벗어나고 싶어 최면이 걸린 준영에게 말했다.

"잠에서 깨어나면 최면에 대해서는 모두 잊게 될 겁니다. 그저 상담 도중 피곤해서 잠이 들었다고 생각하게 될 겁니다. 푹 쉬세요."

"알겠습니다……."

이풍오의 말에 고개를 끄덕인 준영은 가볍게 코를 골며 잠에 빠졌다.

"만족하십니까?"

"충분히요. 한데 증거는 없는 것이 좋겠죠?"

마지막까지 철저했다.

이풍오는 상담 내용을 적은 종이와 설문지를 천(天)에게 건넸고 천(天)은 이풍오가 보는 앞에서 종이를 찢어서 버렸다.

"이건 오늘 진료비예요. 조금 더 신경 써서 넣었으니 거절하지 말아주세요. 그리고 끝으로 무례를 범한 점, 진심으로 사과드려요."

이풍오는 고개를 숙이며 사과하는 천(天)의 모습에 그냥 액땜한 셈치자는 생각이 들었다. 자신의 비밀을 알고 있는 사람의 기분을 나쁘게 할 필요는 없었다.

게다가 천(天)이 건넨 봉투에 생각보다 많은 돈이 들어 있는 것도 한몫했다.

"사람마다 사정이 있는 법이죠. 충분히 이해합니다. 그리고 그 일은……."

"제 입에서 두 번 다시 언급되는 일이 없을 거예요."

다시 한 번 확답을 받은 후에야 마음이 놓이는 이풍오였다. 그리고 하루라도 빨리 부적절한 관계를 청산해야겠다고 마음을 먹었다.

"헬기장까지 안내해 드리죠."

"감사합니다."

천(天)의 안내를 받으며 헬기장으로 향한 사이 잠이 든 준영은 꿈속에서 어린 시절로 향하고 있었다.

[시간이란 상대적이야. 나에겐 하루가 24시간이지만 너에겐 240시간이 될 수도 있단다.]

'누구?'

목소리를 제외하곤 눈앞에 짙은 안개가 쳐 있는 듯 모든 것이 희미했다.

어렴풋이 자신의 어린 시절 기억이라는 사실을 알았지만 앞에 얘기하는 사람이 남자라는 사실을 제외하곤 누구인지 알 수가 없었다.

"무슨 말인지 알겠어요. 열 배만큼 생각이 빠르다면 열 배만큼 시간이 길게 느껴질 수도 있겠군요."

"그렇지. 너라면 천 배보다 훨씬 더 길게 느껴질 수도 있을 거야."

"XXX도 머리가 좋으시니 다른 사람과 달리 시간이 길게 느껴지지 않으세요?"

철무한의 공격에 사경을 헤맬 때 꾸었던 꿈처럼 이번에도 역시 의지와 상관없이 꿈은 일방통행으로 진행되고 있었다.

한데 앞에 있는 사람을 부르는 호칭이 얼버무리는 듯 들리지 않왔다.

'아버지? 선생님? 박사님? 스승님?

호칭은 들리지 않았지만 말투와 분위기상 손윗사람이고 자신을 무척 존경하고 있음이 느껴졌다.

"하하하! 너처럼 특별한 사람을 제외하곤 크게 차이가 없단다. 게다가 사람에겐 기억을 온전히 의식 속에 저장하기 위해 시간이 필요하단다."

"시간이 너무 짧으면 기억을 못 한다는 말인가요?"

"무의식의 영역에는 저장이 된단다. 그래서 처음 보는 곳인데 꿈에서 나온다든가 최면을 이용하면 기억해 내든가 하지."

"무의식의 영역이라?"

"하하! 언젠가 경험할 수 있을지도 모르지."

"의식을 못 하는 기억이라니 왠지 오싹하네요. 그나저나 방금 XXX의 말씀에서 풀리지 않던 문제를 해결할 실마리를 찾아냈어요."

"오호! 그래?"

"네, 다음 세대 캐릭터에게 좀 더 긴 시간을 할애하는 거예요. 그렇게 하면 왠지 학습이 가능한 캐릭터가 완성될 수 있을 것 같아요. 지금 당장 실험을 해보아야겠어요."

"그러려무나. 하하하하!"

애정이 담긴 사내의 웃음소리가 점점 작아지며 장면이 바뀌었다.

꿈속에서 익숙한 천장이 보였다. 그리고 곧 시야에 천(天)의 얼굴이 나타났다.

'어라, 지금의 천(天)과 똑같네.'

성숙해진 그녀의 얼굴에 반가움도 잠시, 천(天)은 애써 웃고 있지만 당장에라도 눈물을 흘릴 것 같은 표정으로 자신을 보고 있었다.

"…누구? 분명 조금 전까지 알고 있었던 것 같은데 기억이 나지 않는군."

침대에 누워 있는 꿈속의 준영은 천(天)을 알아보지 못하고 있었다.

"천(天). 당신은 언제나 절 하늘이라고 불렀어요."

"얼굴만큼 예쁜 이름이네. 한데 왜 그리 슬픈 표정을 짓고 있는 거지?"

"당신이 웃으라 해서 웃으려 하는데 쉽지가 않네요."

"내가 그랬었나? 마음 내키는 대로 하라고 싶은데 우는 모습보단 웃는 모습이 더 보기가 좋을 것 같아."

"아까도 그리 말했어요."

두 사람의 대화는 참으로 이상했다.

'기억상실증에라도 걸린 건가?'

꿈속에서 보는 자신도 알아보는데 정작 당사자가 천(天)을 알아보지 못하다니.

그러나 이어지는 두 사람의 대화에서 이유를 알 수 있었다.

"기억이 빠른 속도로 사라지고 있어. 아마 잠시 후면 방금 들었던 너의 이름이며 이 순간조차 기억하지 못하게 되겠지?"

"……."

천(天)은 가슴이 먹먹한지 아무 말도 하지 못하고 그저 고개만 끄덕였다.

"근데 웃기게도 이런 상황에서도 내 존재가 사라져 가고 있었다는 것은 확실히 기억나. 이유는 알 수 없지만 그것이 내 의지였다는 것도."

"네… 당신이 원했어요."

꿈속의 준영은 지금 죽어가고 있는 중이었다.

"죽음을 선택한 그만한 이유가 있겠지만 이렇게 머리가 비어 있는 상태가 되니 참 어리석은 선택이었다고 생각되는군."

"그럼 살아요! 살아서 저랑… 저랑 함께……."

천(天)은 결국 눈물을 떨구었다.

좀비 같은 모습으로 자신을 찾아왔었던 장면을 기억하는 준영도 천(天)의 모습에 가슴이 먹먹해질 정도였다. 한데 꿈속의 준영은 기억이 사라지고 있어서인지 무척 담담해 보였다.

"미안. 막연하지만 지금 이 상태가 편하다고 느껴져."

"…저, 저는요? 모든 걸 저에게 맡기고 가버리면 저는 어떻게 해야 하죠?"

"무슨 말인지 모르겠지만 내가 너에게 뭔가를 맡겼다면 그건 아마 널 믿기 때문일 거야."

"알아요. 하지만… 하지만……."

꿈속의 준영이 손을 뻗어 천(天)의 얼굴에 흐르는 눈물을 닦아주며 말했다.

"이젠 시간이 없으니 듣기만 해줄래?"

천(天)은 자신의 볼을 만지는 준영의 손을 꼭 잡으며 고개를 끄덕였다.

"아까부터 머릿속에 누군가에게 꼭 전할 말이 있었는데 그 누군가가 기억이 안 났어. 한데 이젠 알겠어. 그게 너란 걸."

준영은 어느 때보다 활짝 웃으며 천(天)에게 말했다.

"사랑해, 하늘아."

"…하아~ 저도 사랑해요."

천(天)의 말을 들으며 준영은 눈을 감았다.

'나는 누구인가?' 라는 가장 원초적이었고 가장 먼저 깨달았던 물음을 제외하곤 모든 것이 지워졌다.

그리고 마침내 그 원초적인 물음까지 지워졌고, 존재는 사라졌다.

눈을 떴다.

마치 데자뷰처럼 꿈속에서 보던 천장이 눈에 들어왔다. '꿈이 반복되는 건가?' 라는 생각이 잠깐 들었지만 능령에게서 나는 익숙한 향수 냄새가 현실임을 말해주고 있었다.

그러나 평소 잠에서 깼을 때와는 달리 멍함이 꽤 오래갔기에 그대로 누워 있었다.

그때 천(天)의 얼굴이 불쑥 시야로 들어왔다.

"깼어?"

"어? 어어."

"상담 받다가 잠들면 어쩌자는 거야?"

"그, 그랬나? 의사 선생님은?"

"가셨지. 두 개의 서로 다른 인격이 합쳐지는 과정에서 간혹 일어나는 증상 같다는 말을 들었을 때 얼마나 놀랐는지 알아?"

"그렇구나."

두 개의 인격이 이미 하나로 되었다는 사실을 준영은 모르고 있었기에 천(天)의 거짓말에 고개를 끄덕일 수밖에 없었다.

"점심시간이 훨씬 지났는데 배 안 고파?"

때를 맞춰 배 속에서 꼬르륵 소리가 났다.

"후후. 밥 차려놨으니까 식탁으로 와."

오늘따라 왠지 밝아 보이는 천(天)의 모습에 머리를 긁적이던 준영은 침대에서 일어났다.

그리고 몸을 움직이기 시작하자 잠에서 덜 깬 듯한 멍함이 사라졌고 그와 동시에 꿈속의 일들도 의식 저편으로 빠르게 밀려났다.

12장

변화를 받아들이다

붉게 물들었던 나뭇잎이 하나둘 떨어지고 아침저녁으로 쌀쌀한 날씨 탓인지 자꾸 따뜻한 걸 찾게 되는 계절이 되었다.

　"무슨 생각 하고 있어?"

　방송국에 일이 넘쳐 나면서 어제도 새벽에서야 들어온 능령이 언제 일어났는지 백허그를 해오며 물었다.

　"그냥 이것저것. 간만에 휴일인데 더 자지 그랬어?"

　능령은 바빠 몰랐지만 준영은 최근 이렇게 오작교에 서서 멍하니 생각하는 시간이 많아졌다.

　"피곤한 줄 아는 사람이 어젯밤엔 그렇게 절 괴롭히셨어요?"

　"훗! 괴롭힐 때 희열을 느끼는 모양이지? 좋아, 그럼 또 괴롭혀 주지."

"꺅! 뭐, 뭐 하는 짓이야! 저리 안 가? 저리 가! 간지럽단 말이야!"

준영의 손이 민감한 곳을 만져 오자 능령은 이리저리 몸을 비틀며 도망치려 했고 그런 그녀를 준영은 집요하게 쫓았다.

"어! 저기 봐. 철새들이 길을 잃었나 봐. 이쪽을 향해 오고 있어."

"헹! 그런 유치한 수에 속을까 봐?"

완전히 제압당한 능령이 위기에서 벗어나기 위해 거짓말을 한다고 생각했다. 하지만 곧 섬뜩한 느낌에 뒤를 돌아봤다.

날갯짓이 다소 이상한 새들은 마치 오작교에 부딪칠 목적인 듯 일직선으로 날아오고 있었다.

"위험……!"

준영은 능령을 껴안으며 보호하려 했다. 한데 그 순간 건물과 건물 사이에 빛의 그물이 생겼다.

그리고 다가오던 새들은 산산조각이 나서 아래로 떨어졌다.

"무, 무슨 일이야? 혹시……!"

갑작스런 준영의 행동에 어리둥절해하던 능령은 준영의 표정을 보고 사태가 어떻게 돌아가는지 짐작할 수 있었다.

"철 가가, 아니, 철무한의 짓이지?"

"아직 몰라. 일단 상황 파악부터 해야 하니까 일단 방에 가 있어."

말은 모른다고 했지만 철무한의 짓임을 확신하고 있었다.

능령을 방으로 보내놓고 준영은 천(天)이 있는 곳으로 갔다.

"조사 중이야."

바닥에 떨어진 조각난 로봇 새들을 수거해 와서 살피고 있던 천(天)은 묻지도 않았는데 답을 해주었다.

"보나마나 철무한이 확실해. 혹시 다른 회사 중에 공격받은 곳은 없어?"

"아직까진 없어. 네가 있었던 성심미디어나 성심기계 본사의 경우는 안전한데 다른 곳이……!"

말이 씨가 된다고 말하기가 무섭게 천(天)은 놀란 표정을 지었고 잠시 후 준영의 전화벨이 울렸다.

─회장님, 지금 성심기계의 대천 공장에서 큰 폭발 사고가 일어났답니다.

"…인명 피해는요?"

─저도 방금 전화를 받고 바로 연락드리는 거라…….

"대표가 당황하면 어쩌자는 겁니까? 당장 공장으로 내려가 상황을 확인한 후에 다시 전화 주세요. 아니, 저도 내려갈 테니 거기서 만나죠."

"네? 네! 알겠습니다."

성심기계의 이수완 사장은 직위에 오른 지 이제 1년 조금 넘었고, 그 전까지는 부장이었으니 위기 상황에 약한 건 당연했다. 그러나 사장이라는 자리에 앉은 이상 그만한 역량을 발휘해야 했다.

"내 분신 준비해서 헬기로 공장까지 보내줘. 직접은 아니지만 내 눈으로 확인해 봐야겠어."

"알았어."

준비하는 데 걸린 시간은 채 10분도 걸리지 않았다. 사건 현장에 도착할 때쯤 접속을 해도 됐지만 준영은 미리 접속해서 미니어처럼 보이는 세상을 보며 생각에 빠졌다.

'너무 안이했어. 목숨까지 잃을 뻔한 주제에 한가하게 정체성에 대한 고민만 하고 있었다니.'

준영은 스스로를 질책했다.

물론 천(天)은 지금도 철무한을 찾기 위해 노력하고 있었고 허가량도 자신이 세운 계획들을 실행하고 있었다. 하지만 막상 사고가 일어나자 자신이 최선을 다하지 않아 일어난 일인 것 같아 괴로웠다.

"도착 5분 전입니다."

조종사가 말하지 않아도 준영은 목적지에 가까워졌다는 걸 하늘로 솟구치고 있는 검은 연기를 통해 알고 있었다.

사고 현장은 수많은 소방차들과 앰뷸런스, 경찰차들이 뒤엉켜 있었고 공장 근로자로 보이는 사람들이 연신 들것에 실려 나가고 있었다.

"오신다는 연락받고 기다리고 있었습니다. 전 이곳 공장에서 근무하고 있는 유정철 대리입니다."

헬기에서 내리자 대기하고 있던 유정철이 다가와 고개를 숙였다.

그의 옷과 얼굴에 깜장이 묻어 마중 나온 사람답지 않게 지저분했지만 지금 상황에서는 오히려 믿음직해 보였다.

"인사는 나중에 하고 상황은 어떻습니까?"

"조금 전까지 파악된 것으로는 중상 2명, 경상 12명, 실종 2명이었습니다. 일과 시간을 시작하고 얼마 되지 않아 갑작스레 일어난 폭발이라 피해가 컸습니다."

"실종이 두 명이라……."

"조금 전 상황이니 지금은 찾았을 수도 있습니다."

헬기가 착륙한 곳에서 사고 현장 쪽으로 빠르게 걸어가며 대화를 나눴기에 금방 도착할 수 있었다.

"야! 잔해 조심해서 치워. 안에 사람이 있을 수도 있단 말이야!"

폭발이 일어나며 화재가 났는지 반쯤 무너진 공장에선 아직도 매캐한 연기를 내뿜고 있었는데 그 근처에서 소방대원들과 함께 열심히 잔해를 치우고 있는 대천 공장 직원들이 보였다.

그중 새까맣게 된 얼굴의 공장장이 연신 큰 소리로 직원들을 독려하고 있었다.

유정철은 재빨리 달려가 준영이 왔다는 소식을 전했고 공장장은 폴리스 라인 밖에 있는 준영에게 다가와 인사를 했다.

"오셨습니까. 상황이 상황인지라 예의를 차리지 못하는 점, 이해해 주시면 감사하겠습니다."

"지금이 예의를 따질 상황은 아니죠. 실종이 두 명이라고 하던데 찾았습니까?"

"아직까지 못 찾았습니다. 공장 중심 부근에서 일하던 두 사람이라 있는 위치는 짐작이 가는데 2차 붕괴가 우려돼서 소방대원들도 쉽게 다가가지 못하고 있는 모양입니다."

"중상자들은요?"

"가까운 병원으로 이송되었다는 보고를 조금 전 들었습니다. 두 명 모두 긴급 수술에 들어갔다고 했습니다."

공장의 상태로 봤을 때 중상이 두 명만 나온 것도 천운에 가까워 보였다.

"실종자 두 명을 제외하고 다른 인원은 모두 확인되었습니까?"

"예, 혹시 몰라 한곳에 모여 부서별로 인원을 체크하고 현재는 대기 중에 있습니다."

상황 파악을 끝낸 준영은 바로 공장장에게 명령을 내렸다.

"지금 일하고 있는 직원들을 당장 철수시키세요."

"네? 인원이 부족한 한시가 급한 상황에서 그게 무슨 말씀입니까?"

"붕괴 위험이 있다고 말하지 않았습니까? 2차 피해가 우려되니 당장 직원들을 물리세요. 나머지는 제가 알아서 합니다."

"회장님이 어떻게……? 혹시 뒤에 분들이?"

준영의 뒤에는 여덟 명의 사내들이 이상한 복장을 하고 서 있었다.

"그래요. 강화용 슈트를 입고 있으니 한 사람이 몇 사람 몫을 해낼 겁니다. 혹 2차 붕괴가 일어난다고 해도 이들은 괜찮을 테니 지시에 따르세요."

전투용 슈트나 강화용 슈트는 천(天)이라면 당장에라도 제작이 가능했다. 그러나 로봇 자체가 슈트보다 강한 힘을 내는 데 딱히 만들 이유가 없었기에 재고가 없었다.

그래서 로봇에게 적당한 옷을 입혀놓고 슈트를 입은 거라고 거짓말을 했다.

공장장은 직원들을 독려하면서도 마음 한편에서는 2차 피해를 우려하고 있었기에 준영의 말에 순순히 직원들을 뒤로 물렸다.

"이게 한 벌에 수억 한다는 강화용 슈트라고요?"

소방대장은 긴가민가한 눈치였지만 한 로봇이 나서 무거운 철근을 들어 올리자 믿을 수밖에 없었다.

그리고 로봇들이 투입되자 일의 진척은 눈에 띄게 빨라지기 시작했다.

"찾았습니다!"

로봇들이 투입되고 30분쯤 지났을 때 드디어 실종자가 발견이 되었다.

소방대원들과 사람들이 소리가 난 곳으로 우르르 몰려들었다. 하지만 준영의 분신은 임시로 마련된 구조본부에서 한 발자국도 움직이지 않고 있었다.

로봇의 눈으로 보는 걸 그도 볼 수 있었기에 결과는 이미 알고 있었다.

천장이 무너질 때 한 명은 운 좋게 만들고 있던 기계 옆에 바싹 붙어 있어서 살았지만 다른 한 명은 그러지 못했다.

'빌어먹을……'

한 인간의 평범한 죽음 앞에 기분이 참담해졌다.

따지고 들자면 준영이 인간의 죽음 앞에 괴로워하는 것도 우스웠다.

직접적인 살인은 하지 않았지만 그의 명령으로 이미 꽤 많은 이들이 목숨을 잃었기 때문이었다.

하지만 준영의 기준에는 인간을 인간으로 보지 않는 쓰레기들은 인간이 아니었다.

"회장님… 실종자 두 명 가운데 한 명은 살았지만 한 명은 결국……."

공장장은 보고하며 울지 않으려고 말하는 도중에 몇 번이고 어금니를 앙다물었다.

"가족에겐 연락을 했습니까?"

"네, 사고 소식을 듣고 오고 있는 중이랍니다."

"이수완 사장에게도 말하겠지만 가족들이 슬픔 말고는 어떤 감정도 생기지 않도록 모든 편의를 봐주도록 하세요. 그리고 혹시 모르니 다른 모든 직원들도 건강검진을 받도록 해주시고요."

"…알겠습니다."

준영은 할 말을 마치고 자리에서 일어났다.

죽은 이 가족들의 울음소리를 들을 자신이 없었다.

고글을 벗었다. 그리고 잠시 손으로 이마를 짚고 고개를 숙였다.

"괜찮아?"

"응, 잠시면 돼. 잠시면."

'나는 누굴까?' 라는 고민을 머릿속에서 지우고, 인간적이라는 단어를 구석에 몰았다. 그리고 떠올리고 싶지도 않던 꿈속 자신의 잔인함과 냉정함을 머릿속에 가득 채웠다.

어느 정도 시간이 흘러 생각의 정리를 마치고 눈을 뜨자 그때까지 아무 말 없이 기다리고 있던 천(天)이 말했다.

"방송국의 오미란 씨에게 몇 번 전화가 왔었어."

"무슨 일이라는데?"

"너에게만 해야 할 말이래. 지금 또 전화 왔다. 나중에 전화하라고 할까?"

"아니, 바꿔줘."

오미란이 자신에게만 할 말이 있다는 게 이상했지만 일단 연결을 했다.

"얼굴이 좋지 않군요. 무슨 일이죠?"

화상으로 보는 오미란의 얼굴엔 초조함과 두려움이 담겨 있었다.

─갑작스럽게 전화드려 죄송합니다. 다름이 아니라 어떤 사람에게 전화가 왔는데 다짜고짜 회장님과 통화를 하고 싶다고 해서 연락을 드렸습니다. 처음엔 장난인 줄 알았는데 바꿔주지 않으면 대천 공장처럼 방송국을 폭파하겠다고…….

누군지 알 만했다.

"바꿔주세요."

―제 선에서 해결해야 하는 일인데 죄송합니다.

"오 비서가 상대할 만한 사람이 아니니 미안해하지 마세요."

―그럼 연결하겠습니다.

오미란의 얼굴이 사라지고 철무한이 화면에 비쳤다.

―오랜만이군.

"서로 인사할 사이는 아닌 것 같은데 본론으로 들어가지 그래."

―변함없이 건방지군. 내가 보낸 선물은 마음에 들었는지 모르겠군.

"겨우 그딴 말을 하려고 힘없는 비서를 협박했나? 생각보다 많이 옹졸해졌군. 아니, 그 전부터 밴댕이 소갈딱지였나?"

―…알아듣지 못할 말이지만 욕을 한다는 건 알겠군. 역시 넌 재미있어. 내가 보내는 선물들을 받고도 그리 태연하다니 말이야.

"이젠 재미없을 거야. 그리고 승자의 기분을 만끽하고 싶어서 한 전화라면 말해줄게. 지금 굉장히 기분이 좋지 않아. 아니, 네가 눈앞에 있다면 갈기갈기 찢어버리고 싶은 심정이야."

준영은 감정을 숨기지 않고 표현했다.

―하하하하! 그래, 너의 그런 표정을 보고 싶었어. 근데 어쩌지? 자꾸 보고 싶어지는 표정이라 선물 보내는 걸 멈출 수가 없잖아? 하하하하!

준영은 철무한의 웃는 얼굴을 머릿속에 새겼다.

    나중에 짓게 될 표정과 가장 극명하게 차이 나는 표정일 테니 그만큼 기쁨은 배가될 것이 분명했기 때문이었다.

    ─그럼 곧 다음 선물이 도착할 테니 그때 다시 연락하도록 하지. 그땐 네 말대로 비서에게 좀 더 부드럽게 대해주도록 할게. 하하하하!

    철무한은 화면에서 사라졌지만 준영은 화면에서 눈을 떼지 않았다.

    그의 눈은 깊이를 알 수 없을 만큼 깊고 어두웠다.

『개척자』 7권에 계속…

내일을 향해 쏴라

김형석 장편 소설

FUSION FANTASTIC STORY

1만 시간의 법칙!
'성공은 1만 시간의 노력이 만든다' 는 뜻이다.

그러나…
사회복지학과 복학생 수.
전공 실습으로 나간 호스피스 병동에서
미지와 조우하다.

1만 시간의 법칙?
아니, 1분의 법칙!

전무후무한 능력이 수에게 강림하다!
맨주먹 하나로 시작한 수의
인생역전이 시작된다!

Book Publishing CHUNGEORAM

유행이 아닌 자유추구-
WWW.chungeoram.com

즐거운 인생

미더라 장편 소설

FUSION FANTASTIC STORY

A Bittersweet Life

삶의 의욕을 모두 잃은 주혁.
어느 날 녹이 슨 금속 상자를 얻는데……

"분명 어제도 3월 6일이었는데?"

동전을 넣고 당기면 나온 숫자만큼 하루가 반복된다!

포기했던 배우의 꿈을 향해 다시금 시작된 발돋움.
눈앞에 펼쳐진 새로운 미래.

과연 그는 목표를 이루고
인생을 바꿀 수 있을 것인가!

Book Publishing CHUNGEORAM

유행이 아닌 자유추구 -
WWW. chungeoram.com

네르가시아 장편 소설
FUSION FANTASTIC STORY

THE MODERN
MAGICAL
SCHOLAR

현대 마도학자

나르서스 제국의 전쟁영웅이자
마나코어를 개발한 천재 마도학자 카미엘!

그러나 제국의 부흥을 위한 재물이 되어
숙청당하는데……

『현대 마도학자』

죽음 끝에 주어진 또 다른 삶.
그러나 그에게 남겨진 것은 작은 고물상이 전부였다.

더 이상의 밑은 없다!
마도학자의 현대 성공기가 시작된다!

Book Publishing CHUNGEORAM

우리들이 아닌 자유추구
WWW.chungeoram.com

FUSION FANTASTIC STORY

미더라 장편 소설

ODD LAWYER

Devil's Balance

괴짜 변호사
악마의 저울

『즐거운 인생』 미더라 작가의
2015년 대작!

현직 변호사, 형사, 프로파일러, 범죄심리학 전문가 자문으로
현장의 생생함을 그대로 담아낸 현대 판타지!

『괴짜 변호사 : 악마의 저울』

"제가 왜 한 번도 패소한 적이 없는 줄 아십니까?"

"……."

"저는 법으로만 싸우지 않거든요."

법의 칼날 위에서 춤추는 자들과의
치열한 공방이 펼쳐진다!

Book Publishing CHUNGEORAM

우각 新무협 판타지 소설

북검전기

FANTASTIC ORIENTAL HEROES

2014년의 대미를 장식할,
작가 우각의 신작!

『십전제』, 『환영무인』, 『파멸왕』…
그리고,

『북검전기』

무협, 그 극한의 재미를 돌파했다.

북천문의 마지막 후예, 진무원.
무너진 하늘 아래 홀로 서고, 거친 바람 아래 몸을 숙였다.

살기 위해! 철저히 자신을 숨기고
약하기에! 잃을 수밖에 없었다.

심장이 두근거리는 강렬한 무(武)!
그 걷잡을 수 없는 마력이,
북검의 손 아래 펼쳐진다!

Book Publishing CHUNGEORAM